下乳を掬い上げ、大きな手でふるふると揺らす。
恥ずかしいけれど、もっとされたいと思ってしまう。
「――なんと可愛らしい……。リリス、気持ちいいか？」
「ぁあんっ、気持ちい……いです……」

皇帝陛下の花嫁探し

～転生王女は呪いを解くため毎晩溺愛されています～

月乃ひかり

Vanilla文庫

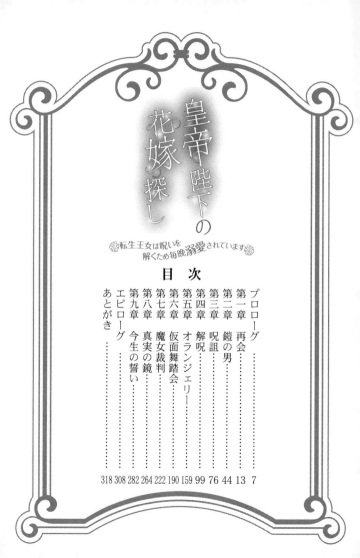

皇帝陛下の花嫁探し
～転生王女は呪いを解くため毎晩溺愛されています～

目次

イラスト／霧夢ラテ

プロローグ

ロゼリア王国の王女、リリスの十二歳の誕生を祝う晩餐会《ばんさんかい》の夜。

明るいシャンデリアの下、夕食を終えたリリスの家族は、食後のお楽しみに興じていた。

旅芸人たちが呼ばれ、竪琴《たてごと》やマジック、不思議な異国風の踊りを披露している。

今宵、リリスの誕生を祝う晩餐《ばんさん》会の余興に呼ばれた旅芸人たちの中に、白く立派なあご髭《ひげ》を蓄え、フードを目深に被った一人の老人がいた。

その老人はタロットカードの占い師だった。

濃紺色のヴェルヴェットの布を敷いた円卓の上に、幾枚もの古めかしいタロットカードをずらりと並べて、静かに座っていた。

リリスはなぜかこの老人が気になった。

まるで自分がそこにいないもののように、ただじっと座っている。他の旅芸人たちは売り込みに精を出している中、対照的なその老人に興味をそそられた。

「――お爺《じい》さん、私を占ってみてくれる?」

リリスは深く考えずに、その男に声をかけた。

老人はリリスをじっと見てから、「これも神の思し召し《おぼめ》」と独り言のように呟《つぶや》いた。

すぐに皺《しわ》の深く刻まれた手でカードをシャッフルし、ヴェルヴェットの布の上に器用な手つきでカードを並べていく。

全てを並べ終えると、鋭い眼光をぎらつかせ、長い顎鬚《あごひげ》をときおり撫《な》でつけながらカードの示す意味を読み解きはじめた。

この日、十二歳の誕生日を迎えたリリスは、ローズブロンドの巻き毛をふわりと弾ませ、キャラメルのように甘そうなはしばみ色の瞳を面白そうに揺らめかせた。

童顔なせいもあり、少し顔の造形が甘ったるい。

だが、肌は陶器のように白く、美しく成長するであろう片鱗《へんりん》を覗《のぞ》かせていた。

すでに祝いの晩餐も終わり、家族や近親者たちだけで、王族専用の居館《パラス》の一室で寛《くつろ》いでいる。

「大好きなヴァイシュタット皇国のフリード様との幸せな未来はあるかしら？」

リリスは幼い頃からずっと隣国の世継ぎの皇子、ヴァイシュタット皇国のフリード皇子のことが好きで好きでたまらなかった。

フリードはリリスの七つ年上であるから、現在は十九歳の若者だ。

ヴァイシュタット皇国はリリスの父の治めるロゼリア王国の西隣に位置している。この大陸随一の広大な国土を有し、山海に恵まれ産業も発達して軍事力も兼ね備えた富める国だ。

次代の皇帝となるフリード皇子は聡明《そうめい》で、幼い頃より政事にも参画して家臣を驚かせているという。議会では大臣らをも驚かせるような的確な意見を述べ、国境沿いに蛮族が攻め入った時も、自ら軍を率いて蛮族をあっというまに圧伏した。

この大陸では、知らぬ者などない知勇兼備《ちゆうけんび》の世継ぎの君として名高い。

ちょうどリリスが六歳の時のことだ。

隣国の皇子フリードが、気候が温暖で避暑地として知られるこのロゼリア王国に、家族と共に静養に来ることになった。

その時、事前に父母からもらったフリード皇子の肖像画に、リリスは一目で恋に落ちた。

――なんて素敵な皇子様なの……。

まるで黄金の糸を幾重にも織り込んだような濃いダークブロンドの髪。神の絵筆で描いたような、凛々《りり》しくすっきりと弧を描く眉に、深く淀《よど》みない金色の瞳。

肖像画からも皇子の類を見ない神々しさが伝わってくる。

まさに理想の皇子の姿に、リリスは一目で心を撃ち抜かれた。

以降、リリスはその肖像画を枕元に置き、おはようとおやすみの挨拶を毎日欠かさなかった。

いよいよフリード皇子がロゼリア王国に来国すると、六歳のリリスは初対面にもかかわらず、当時十三歳のフリード皇子に、将来、お嫁さんにしてほしいと皆の前で願ったのだ。

母である王妃は「これっ！」とリリスを叱り、子供の言うことですからと笑って誤魔化《ごまか》した。

だが、一瞬、突然の幼い子供からの求婚に面食らっていたフリードは、リリスの心の奥を覗くようにじっと見つめると、いきなりぱっと破顔した。

自国でも普段滅多に見せないと言われる皇子の満面の笑みに、家族やお付きの者たちは皆、驚いた。

「そうか。僕がずっと探していた運命の相手は、ここにいた。君だったんだね。リリス」

すると周りの者から笑いが漏れた。

心優しいフリード皇子が、幼いリリスに話を合わせてくれたのだろうと誰もが思っていた。だが、続けて「大きくなるのを楽しみにしているよ」と、リリスだけに聞こえるように耳元で囁《ささや》かれた。リリスはその言葉をうのみにし、有頂天になった。

——ようやく今日、十二歳になれたのだもの。あと五年もすればフリード様に嫁ぐことができる。

だが、リリスがお嫁さんにしてほしいと言ったのは幼い頃の戯言《たわごと》で、国同士の正式な取り交わしでもなんでもない。目の前の甘いお菓子を欲しがる子供の要求に、フリードが単に合わせてくれただけのこと。

十二歳にもなれば、それぐらいのことは分かる。

だが、リリスは将来、フリード皇子の花嫁になることをこの六年間ずっと夢見ていた。

だから今宵、自分の誕生を祝う夜に心が華やぐような未来を占ってほしかった。

——このお爺さんのタロットカード占いで、少しでも希望が持てるようなカードが出ればいいのに。

この時、この夜まではそう無邪気に思っていた。

「——タロットカードがリリス王女様の過去、現在、未来をここに表しております」

わくわくと胸を躍らせたのも束《つか》の間《ま》、テーブルの中心に置かれたいくつものカードには、リリスが見ても分かるほど、不穏な図柄が描かれていた。

思わずリリスは眉を顰《ひそ》める。

「——ほう。タロットカードの示すリリス様の置かれている状況は、なんと稀有《けう》であらせられる」

「稀有？」

リリスは不安になった。

「はい、このカードには大きな車輪が描かれておりますでしょう？　これは運命の輪のカードです。これから王女様の運命が大きく動き出す、ということを暗示しております。それは誰にも止められません」

「でも、運命は自分で切り開くものじゃない？」

「さようでございます。ですが、このカードが出たのは偶然ではなく必然なのです。この先、王女様の力では回避することのできない運命が待ち受けていることでしょう……」

なんだか予言じみた占い師の言葉にリリスは不吉さを感じとり、テーブルから一歩、後ずさる。

「リリス――っ！　こちらへいらっしゃいよ。一緒に双六《すごろく》をしましょう」

いつの間にか従姉妹《いとこ》たちがゲームを始めており、リリスはほっとして「お爺さん、あとでね」と言葉を残して、彼女たちの方に急いだ。

従姉妹たちと双六に興じながら、老人がいたテーブルを見ると、もうそこには誰もいなかった。

――きっと帰ったのね。

「さ、今度は誰の番？」

リリスは占いのことは忘れて従姉たちと楽しいゲームに興じながら、十二歳になった初めての夜を過ごした。

だがこの時、リリスは気づいていなかった。

彼女の運命の輪がすでに回り始めていたことを……。

第一章　再会

「はぁ――、なんて幸せなのかしら」

リリス・シェリエ・ロゼリアは、王宮庭園の一角にある東屋《あずまや》の長椅子にゆったりと背もたれていた。ガーデンテーブルの上にはお気に入りの紅茶がほわりと湯気を立てている。テーブルの上のクロテッドクリームとブラックカラントのジャムをたっぷり塗ったスコーンにリリスは手を伸ばした。小さな口で一口かじりながら、王都で人気の恋物語の本を読《よ》み耽《ふけ》っている。

日の光を浴びて爽やかな風にそよぐ庭園の木々。

彼女は甘い芳香を放つ可憐《かれん》な色合いの花を目で愉《たの》しみながら、午後のひと時を読書に費やし満喫していた。

だが周りから見れば、可憐な花々はリリス本人を引き立てる添え花に過ぎないだろう。

彼女の目もあやなローズブロンドの豊かな髪は、小さい卵型の顔をいっそう際立たせている。

クリームのように滑らかな白い肌に、咲き初めの淡いバラの花びらで染めたような頬《ほお》。はしばみ色の理知的なまなざしの栄に浴しているのが、人でなくただの本だということに、誰もが落胆を覚えるだろう。

絶世の美女とまではいかないが、温かみがあり誰もが好感を持つ愛らしい顔立ちなのは言うまでもない。

「リリス王女様、今宵の王宮の舞踏会に参列されるのであれば、そろそろお支度をなさいませんと……」

側に控えていたリリス付きの侍女のウィラが、心配げに申し出た。

その言葉を合図に、リリスは白いほっそりした腕を思い切り上に延ばしてうーんと伸びをする。

「気にしなくていいわ。今日も出ないから」

にっこりとウィラに微笑《ほほえ》むとまた本に目を落とす。するとウィラが困ったように溜息《ためいき》を吐く。

「ですが、今夜の舞踏会は王様が王女様のために開催されているようなもので……」

するとリリスはパタンと読みかけの本を閉じ、紅茶のティーカップを手に取った。

「放っておけばいいのよ。お父様には具合が悪いと言っておいて。今日はどんな理由がいいかしら。そうね、また頭痛だけじゃ納得されないだろうから、ダンスの練習をしすぎて足を痛めたとでも伝えてくれる？」

「ですが、今宵は名家の殿方がたくさん集まるので、必ず参列するようにと……」

するとリリスは鼻を鳴らす。

「まぁ――ったく、お父様のお考えはお見通しよ。どこかの貴族にさっさと私を嫁がせようとしているんだから」

ごくりと飲み干したカップをガチャンと音を立ててソーサーに置いた。

リリスは父王に腹を立てているのだ。

自分がこんなに必死になって、「死」のルートを回避しているというのに、なぜこうも真逆のことを押し付けようとするのか。

――そう。忘れもしないあの日。

リリスは自分の十二歳の誕生を祝う晩餐会で、得体のしれない老人に不吉なことを予言された。そのせいなのか分からないが、その夜、リリスは自分の前世を夢に見た。

前世でのリリスは、大好きだった王子に片思いをし、アプローチを続けた結果、恋を実らせることができたのだが……。

なんと、恋敵に毒殺されて、あっけなくその人生の幕を閉じた。

婚約発表のパーティーで、乾杯のワインに毒が仕込まれていたのだ。

いま思い出しても、喉を伝うどろりとした毒の感触や、息もできない苦しさを思い出すと鳥肌が立つ。

まだ人生を謳歌《おうか》したいことが山ほどあった前世の自分。

こうして前世の記憶を取り戻したのは、同じ轍《てつ》を二度と踏まないように、神様がお情けをかけてくれたのかもしれない。

——今世では、誰も好きにならず、ひっそりと自分一人で生きていく。

そう決めたのだ。

十二歳の誕生日の翌朝、リリスは震える手で姿絵に描かれた恋しいフリードを見つめた。

——フリード様……、私の初恋の皇子様。

その姿絵をぎゅっと胸に抱きしめた。けれどもう二度と、あのような前世を繰り返したくない。誰も好きにならず、生涯一人のまま未婚を貫き、天寿を全うする。

それが今世で生き抜くための手段のように思えた。

——さようなら。私の皇子様。

リリスはフリードの姿絵をぱちぱちと燃える暖炉の中へと放り投げ、恋しい思いと決別した。そして、新たな自分に誓ったのだ。

二度目の人生では、必ず死の運命を回避してみせる、と——。

それ以降、「死」のルートから逃れるため、フリードへの接近をことごとく回避した。

少しでもフリードから遠く離れようと、はるか遠方にある女学院へと入学したのだ。

そこで六年間を過ごし、ちょうど一年前に女学院を卒業して自国に戻ってきた。

そのおかげか、前世で亡くなった年を超え、無事に死のルートを回避できている。

母国に戻り、このまま王宮の隅っこで平凡に生きていける、そう考えていたのだが――。

入学当時は十二歳のお転婆《てんば》盛りだったリリスは、六年間の女学院暮らしで見違えるように、見た目だけは愛嬌《あいきょう》のある美しい王女に変貌していた。

リリスの父母は、フリードに恋をして追いかけ回していた頃のリリスと比べて、天と地ほども違うような王女になった、これでどこぞの国の王子に嫁がせることができると泣いて喜んだ。

――そんなの絶対に嫌よ。花嫁教育を受けに行ったわけじゃないんですから。

私の命がかかっているんですもの。

リリスは母国に帰るなり、華々しく社交界にデビューし、色とりどりの花たちの中で一番輝き、王国で最も褒めそやされる花になるという父母の思惑から外れ、地味な引き籠り王女となった。

今が盛りの芳《かぐわ》しい花という年頃なのに、王宮の隅っこで日がな一日、本を読み、ときおり侍女たちと共に救貧院を訪問して慈善活動に勤《いそ》しんでいる。

その暮らしぶりは、まるで婚期を逃したオールドミスのような生活だった。

国の正式な公務である最低限の舞踏会以外、どのパーティーにもまったく興味を示さない。たまに父母に強制参加されようものなら、もちろん殿方と踊ることも話すこともなく、近づいてくる男性の誘いには完全無視を貫いた。

帰国して一年がたち、十九歳になったリリスは、しだいに周りから男嫌いの変わり者の王女と噂《うわさ》される始末。

だが、リリスは逆に変わり者と言われることにほっと安堵《あんど》した。

誰かを好きになったり、誰かに好意を持たれることで、恋のライバルから恨まれるのをひたすらに避けている。

せっかくこれまでの自分の努力を水の泡にしたくない。

再び神様に与えられた今のこの人生を全うするため、恋などせずに、誰にも妬まれ恨まれないよう、王宮の隅で細々と生きるだけだ。

――今世こそは天寿を全うする。

一度人生を失ったリリスだからこそ分かる。

なんでもない日々の暮らしが、無上の喜び、幸せなのだ。

これぞリリスが二度目の人生で目指す、薔薇色のセカンドライフ。

愉しみと言えば、大好きな読書に美味《おい》しいお菓子。

フリードのことは綺麗さっぱり忘れて、ひっそりと日々の幸せを嚙《か》みしめて過ごしていた。このまま平穏な生活をこれからも送れると思っていたのだが……。

だがつい先日、リリスを震撼《しんかん》させる出来事があった。

今は即位して皇帝となった隣国のフリード皇帝、――そう、リリスが幼い頃にずっと憧れていたその人から、女学校を卒業したお祝いにと贈り物が届いたのだ。

女学院に入ってからは、全く手紙のやりとりもしていない。

フリードから卒業祝いに届けられた贈り物は、ロゼリアでは希少でなかなか手に入らない数々の美しい織物だった。ドレスに誂《あつら》えたらきっと素敵だろう。

――単に王族同士の挨拶で、儀礼的に贈ってきただけよね？

この大陸で一番の富裕国、しかも超絶イケメン皇帝のフリードは、各国の美姫《びき》たちから熱いまなざしを送られ、ぜひ我が国の王女を花嫁にと、猛烈アプローチをされている。今をときめく皇帝だ。

フリードと婚約しようものなら、確実に前世と同じく毒殺ルートまっしぐらである。

しかも卒業の贈り物をもらったことが他国に洩《も》れたら、フリードに恋する美姫たちに呪い殺されたり、各国から刺客が送り込まれたりしないだろうか。

リリスはぞっと肝を冷やした。

「ウィラ、フリード皇帝から贈り物を頂いたことは絶対に秘密よ。お父様、お母様にもね」

召使いにそう伝えただけで、リリスは贈り物をクローゼットの奥へと押しやり、お礼の手紙も代筆させ儀礼的な返事しか送らなかった。

自分が心配し過ぎなだけなのかもしれない。

隣国の中でも円滑な交流のある国の王女だから、友好の印として贈ってきたと考えるほうが筋が通る。だが、念には念をだ。

これからもフリードとの交流は避けるに越したことはない、そう思っていたのだが。

「リリス！　フリード皇帝から卒業祝いの贈り物が届いたのですって？」

読書を終えて自室に戻ったリリスは、昼寝でもしようかとベッドの上かけを捲《めく》った。

だが、王妃が扉をばぁんと開けてリリスの部屋に飛び込んできた。

しかも母だけではない、その後ろには従姉妹たちまでが目を輝かせながら乱入してきたのだ。

「え……、ちょっ、お母様っ……」

王妃はリリスの許可も得ずに脇をすり抜け、連れてきた召使いらに指示してその贈り物をクローゼットから取り出させ、テーブルの上にこれでもかと拡《ひろ》げさせる。

侍女のウィラは驚きながらリリスを見て、私じゃありません……っ、と首を左右に振って必死に訴えた。

「まぁぁあっ、なんて素敵なの……。見事なドレス用の生地じゃない！」

フリードが送って寄越した織物は、誰もが見惚《みと》れてしまうような繊細かつ美しい光沢を放つ生地ばかり。

夜会用の鮮やかな色合いの布や繊細なレースの織物の数々、リボンやハンカチ、手袋やバッグ、コサージュなどの小物などもあり、母たちは狂喜乱舞だ。

「これはリリスにヴァイシュタットの舞踏会に来てほしいというお誘いじゃないかしら？」

「――お母様、たかが布ですよ。他の王族からもドレス用の生地など、いくらでも届くじゃないですか」

「でも、ヴァイシュタットのフリード皇帝からですよ。滅多に女性には贈り物はしない方で有名なのよ。きっと特別な意味が籠《こ》められているかもしれないじゃないの」

まるで自分がプレゼントを贈られた当の本人のように、王妃は美しい織物を広げてほおずりをした。

従姉妹たちも、うっとりと目を輝かせ、布や小物を手に取って吟味している。

「私には必要ないから欲しかったらどうぞ」

リリスは従姉妹に声をかけた。

「ちょっ、リリスっ！　せっかくのフリード皇帝からの贈り物を……っ」

だが、王妃の制止の声は、従姉妹たちの歓声にかき消された。

「きゃーっ！　ありがとう、リリス！」

はしゃぎながら我先にと織物や小物を手に取り、物色し始める。

するとそこへ、侍従がやってきて王がお呼びだとリリスに伝えた。

「王女様、おお、これは王妃様もいらっしゃいましたか。王様がお呼びでございます」

「お父様が……？」

リリスは眉を寄せ、瞳を曇らせる。

「今夜の舞踏会に参加しろと言ってくるのかしら……」

十九歳の誕生日を迎えると、父母がリリスの縁談にあからさまになった。殿方を紹介しようとやっきになって舞踏会にリリスを参加させようとする。

「――リリス、あなたももういい年頃なんだから。お父様は心配しているんですよ」

母にそう言われてリリスは、これみよがしに大きく溜息をついた。

いっそのこと、打ち明けてしまおうか。

自分には前世の記憶があり、毒殺された死のルートを回避するために、引き籠っているのだと。

――だめ。そんなこと喋《しゃべ》ったら、とうとう気がふれたと思われて塔に幽閉されちゃう。

リリスは諦めて母と一緒に父王のもとに向かうと、父が満面の笑みでリリスを迎えた。

「おお、王妃も一緒か。ちょうどいい、こちらに座すが良い。ちょうど今、ヴァイシュタット皇国からお使者殿が参ってな」

父王が上機嫌で二人に座るように指示した。

リリスが母の隣に腰かけると、眼前には貴族と思われる正装を纏《まと》った見目麗しい使者。その後ろに濃紺のマントの鎧《よろい》を身に着け、銀色の兜《かぶと》を被ったいかめしい騎士が随行していた。

なんとなく他者を威圧するオーラを纏っている。

リリスが鎧の男を見ると、彼もリリスに目を合わせた。

――？

鎧の男が兜の奥で微笑んだ気がしたのは、気のせいだろうか。

「ご機嫌麗しゅう、王妃様、リリス王女様」

片膝をついて慇懃《いんぎん》かつ滑らかな動作で挨拶をしたのは、金の縁飾りのある華やかなジュストコールを身に着けた貴族らしき使者の方だ。

「こちらは、ヴァイシュタット皇国の宰相のご子息であらせられるジュート卿《きょう》だ。フリード皇帝がなんと二週間後に我が国を訪問することになった」

「えっ！　うそっ……！」

リリスは驚きすぎて、使者がいるというのに王女にあるまじき素っ頓狂な声をあげてしまう。思わずはっと我に返り、口元を両手で抑えた。

心臓がどきどきする。

――まさか、まさか。

これって死のルートへのフラグではないわよね。

リリスは震えまいと椅子のひじ掛けを握りしめた。胃がぎゅっとねじれる気がする。

するとジュート卿が青い瞳の煌《きら》めく美しい顔をあげて、屈託のないやわらかな笑みをリリスに向けた。

「突然のことで王女様を驚かせてしまい、申し訳ございません。我が太陽、フリード皇帝のお祖母《ばあ》様であらせられる太皇太后様が、この夏を気候の良いこのロゼリアで過ごされたいと申し出られまして。太皇太后さまをご心配されてフリード皇帝も同行されることになったのです。ですがフリード皇帝は二、三日ほど滞在しましたら、公務もありますのですぐに帰国される予定です」

「同行……」

リリスはほっと胸を撫でおろした。

なぁんだ。単におばあ様の随行兼護衛としてやって来るだけね。

――ああ、よかった。それならすぐ帰るでしょうね。

あからさまにほっとした顔をしたせいか、ジュート卿の後の騎士にじろりと睨《にら》まれた気がした。

——まずい。迷惑そうな表情を見られてしまったかしら？

でも、フリード様との縁が遠のけば遠のくほど、死のルートから回避される。

前世の記憶から、リリスは好きだった人と関わりを絶つことに決め、また再会することで恋心が再燃するのを恐れていた。

単にフリードが祖母に同行するだけと聞いて安心したリリスは、打って変わってにこにこした愛らしい笑顔をジュート卿とその後ろに控えている騎士に向けた。

彼女自身はちっとも気が付いていないが、見慣れている者ならいざ知らず、リリスは春の女神のように愛らしい。

ピンクブロンドのふわりと軽やかな髪に縁どられた、完璧な卵型の顔で女神のごとく微笑まれては、見慣れない者には刺激が強い。

騎士が思いがけず、よろけそうになってガチャンと音を立てた。

だが笑顔を見せるリリスの傍で、父王が背後からリリスを奈落の底へと突き落とす。

「そんな、二、三日とおっしゃらず、どうか好きなだけご滞在ください。フリード皇帝がご滞在の間、家族総出、我が王国総出でおもてなし致します。ちょうどリリスは今、ダンスの練習に励んでいるらしい。今日も練習のし過ぎで足を痛めたほどだそうで。なぁ、リリス。二週間後には足も治っているだろう。せっかくのダンスの練習の成果をフリード皇帝がお越しになった時に一緒に踊っていただいてご披露しては」

「——ぐっ」

——お父様、そうきたのね……っ。

まさかここで舞踏会に出ない言い訳を逆手にとって持ち出されるとは……。

「なぜ、ダンスの練習をそこまで……？」

ジュート卿が後ろの騎士に何事かを耳打ちされてリリスに問うた。

だがリリスの代わりに王妃が返事を返す。

「ほほ、リリスもほら、年頃の娘でしょう……。親としてはたくさんの舞踏会に足を運んで多くの殿方と知り合って、娘にいい縁組が出来ればと思いまして。リリスはダンスが苦手なので、殿方にご迷惑をかけないように練習に励んでおりましたの。おほほほ……っ」

リリスは唖然《あぜん》として母を見つめた。

——ちがう、チガイマスっ！　単に舞踏会に出たくないだけの言い訳だったのに。

「舞踏会でたくさんの殿方と知り合う……。いい縁組……だと？」

ジュート卿ではなく、後ろの鎧の男の独り言が謁見室に響いた。低いがなんだか存在感のある声だ。

王妃が不審そうな顔をその鎧の騎士に向けた。するとジュート卿がすかさず「それは良いお心がけですね。きっとフリード皇帝も美しいリリス王女様のダンスのお相手ができることを光栄に思うでしょう」と慌てて返した。

なんだかずいぶん変わった騎士ねと思いつつも、フリードの来訪がリリスにとって厄介な悩みごとになる。

絶対に、絶対に踊りたくはない。

「はぁ――。いっそ、風邪を引いて熱が出ればいいんだけど……」

……・＊・…………………・＊・…………………・＊・……

使者たちが帰国して二週間後。

いよいよ今日はフリード皇帝と太皇太后陛下の来国の日。

国をあげてもてなすと言った父王の言葉どおり、その日はフリード皇帝一行らの歓迎パレードや、出迎えの儀式から晩餐会に舞踏会まで、これでもかという歓迎セレモニーが用意されていた。

王女であるリリスにも絶対参加の厳命が父王から下りている。ロゼリア王国の王族一同で出迎えて歓迎の意を表すことが、大国の皇帝フリードへの親愛の印となるからだ。

今度ばかりはどうしてもダメそうね……。

前の晩、もんもんと悩みながら寝返りを打つのみで、なかなか寝付けなかったリリスは、朝になって目を覚ました時、神に感謝した。

――うそ、本当に熱がある……。

そういえば、二、三日前、侍女の一人が鼻を啜《すす》っていた気がする。

自分の額に手を当てると、割と熱が高そうだ。鼻もグズグズするし体がだるい。

風邪を引いたんだわ……。

つい先日、季節性の酷《ひど》い風邪が今年は早くも流行の兆しを見せていると、侍女たちが話していたことを思い出した。

やったぁ――!

リリスは心の中でもろ手をあげて喜んだ。

ふふ、風邪を引いているのに隣国の皇帝や太皇太后にお会いして感染《うつ》したら大変なことになる。

ああ、神様ありがとうございます。

これでフリード皇帝にも会わずに死のルートを回避できます!

身体は重くだるいし頭痛も酷いが、リリスの気持ちは晴れ晴れとしていた。

ベッドに横たわり、運命の女神に感謝の祈りを唱える。

父母に侍女経由でリリスが発熱したと伝えられると、なんと感染予防に口布を下げた母と、王の侍医ら一行がものものしくやってきた。

――お父様の主治医まで連れて来るなんて、やっぱり信用してなかったのね。

日頃の行いからリリス付きの侍医だと、きっとうまく言いくるめられて仮病の片棒を担がされると思ったのだろう。

父王の侍医がリリスの診察をし、熱を測って季節性の風邪でしょうと診断した結果、熱さましの薬を調合してくれた。

「熱が出たのは、本当みたいね。せっかくのフリード皇帝の来訪なのに……」

母親が肩を落として、はぁと溜息をつく。

「ごめんなさい。お母様……。フリード陛下とダンスが踊れなくてとっても残念だわ。どうかお詫《わ》びをお伝えしてね。王女としておもてなしもできず、ダンスのお相手ができなくてリリスがたいそう残念がっていたと」

リリスは嬉《うれ》しさと可笑《おか》しさで、うっかり心にもない余計なことを言ってしまう。

ちっとも残念な顔をしておらず、熱で潤んだ瞳でにこにこ顔のリリスに母は本心を見抜いたようだ。

「――まったくこの子は。伝えておきますよ。しっかり養生なさい」

それでも母親らしく、侍女にあれこれリリスの看病を指示すると慌ただしく出て行った。

リリスは熱があるにもかかわらず、気分爽快で鼻歌を歌う。

「――王女さま、大丈夫ですか……?」

侍女のウィラが熱でおかしくなっているのではないかと、心配顔でリリスを覗《のぞ》き込《こ》んだ。

「ぜんぜん、気分爽快よ！」

――だって、風邪のお陰で命拾いしたんですもの。

熱が出て辛くても、こんな風邪なら大歓迎だ。

だがリリスはこのときなんの気なしに母親に告げた言葉が、まさか後々《のちのち》、自分の命取りになるとは思ってもいなかった。


……＊……………＊……………＊……


「ようこそ、フリード皇帝！　太皇太后陛下！」

ロゼリアの王都では、若くして即位し大国の皇帝となったフリードの久しぶりの訪問に国民が沸いた。

国境から王城までの大通りには大勢のロゼリア国民が押し寄せ、大国ヴァイシュタットの皇帝フリードの馬車の車列を大歓迎している。

フリードは八頭立ての荘厳な装飾の施された馬車から、いたって機嫌よくロゼリア国民に笑顔で手を振った。

混じりけのない黄金を織重ねたようなダークブロンドの髪を風になびかせ、進行方向に脚を組んで悠々と腰かけている様は、さすが大国の皇帝の余裕を感じさせる。

その威厳のある美しさから、「黄金の鷹《たか》」と渾名《あだな》される皇帝を一目見ようと、市井《しせい》の子供から貴族に至るまで、ずらりと沿道に人がひしめいている。

彼らは車列が通るとことさら大歓声を上げ、ヴァイシュタットとロゼリア両国の旗を大きく振って歓迎している。

だが、フリードの向かいに座っている銀髪の太皇太后は、あきれ顔だ。

「まったく、自国でもこれぐらい愛想を振りまいてくれればいいのに」

「気分がいいんですよ、今日は。それに未来の花嫁になる人の国だ」

「私をダシにしたこと、貸しですよ」

「おばあ様には感謝しています。この借りは必ず」

フリードは祖母にウィンクした。太皇太后は勝手にロゼリア訪問の口実にされ、気を悪くしたのも確かだが、可愛《かわい》い孫の頼みとあっては目じりを下げるほかない。

「そういえば、ジュート卿は先にそのリリス王女にお会いしたのでしょ？」

太皇太后が、フリードの片腕で傍に控えている宰相の子息、ジュートに話を振った。

「はい、ご尊顔を拝見いたしました」

髪も目も黄金色のフリードとは対照的に、黒髪に青い瞳のジュート卿は控えめに答えた。

「どんなご令嬢？　フリードは確か小さい頃に一度会ったきりなのでしょう？　ようやく成長した王女にこれから会えるから楽しみでしょ、フリード」

「――可愛かったですよ。……昔と変わらず」

フリードがジュート卿よりも先に答えた。それで太皇太后は何かを察したようだ。

「まったく。皇子時代のように変装して抜け出してジュート卿に同行したのね」

「自分より先にジュートが彼女の姿を目にするのは許せないので。もしそうされたら、ジュートの目を潰したくなる」

「……フリード様、全然冗談に聞こえません……」

フリードの隣で、ジュート卿が口元を引き攣《つ》らせた。

「今は僕の片思いですが、必ず彼女の心を射止めて見せます」

フリードは、持参した膝の上の淡い紫色のシオンの花束に目を落とした。訪問の挨拶の時に、リリスに手渡そうと思って自国の温室で育てた花をフリード自身が摘んだものだ。

「まぁ、思うようになさい。あなたの人生だもの。フリード」

「ええ、もう二度と後悔するような生き方はしたくないんですよ。おばあ様」

「二度とって、一回死んだみたいないい方じゃないの」

太皇太后が「何を言ってるの、この子は」と扇を口元にあててくすくすと笑った。

「……そうですね」

フリードも笑った。その瞳が、ほんの僅かに翳《かげ》りを帯びていた。

膝の上のシオンの花が、もの言いたげにフリードを見上げていた。

子供の頃、リリスの憧れであったフリードは、父の皇帝が落馬の事故で亡くなったため、二十歳で即位した。

彼の母親はフリードが生まれて間もなく産褥《さんじょく》で天国へと召され、以来、フリードは母がわりとなった祖母に育てられた。

今は齢《よわい》二十六歳になり、大陸一の若く聡明な皇帝として名を馳《は》せている。

そのフリード皇帝が我が国にやってくるとあって、王宮内は朝からひっくり返るような大騒ぎだった。

なにせ今をときめく比類なき大国の皇帝が来臨するのだ。友好国として、手を抜くわけにはいかない。

宰相や大臣らは、最上級の国賓としてのもてなしの準備に余念がなく、料理長たちは、晩餐会や舞踏会などレセプションの準備に慌ただしく立ち動いていた。

召使いらは彼らの居室となる部屋の掃除に勤しみ、カーテンやリネン類、家具や小物に至るまで総取り換えの高待遇だ。

――この差は何なの。

リリスは憤慨した。あんなに自室の壁紙とカーテンを新しくしたいと父に強請《ねだ》った時は、あえなく却下されたのに。

だが頬を膨らませる間もなく、リリスも早速、母の王妃の言いつけにより押し寄せたお針子達によって、ドレスの採寸をされ、フリード皇帝から贈られた生地でいくつかドレスを誂《あつら》えることになってしまった。

当然のことながら歓迎セレモニーはもちろん、舞踏会にまで出席することを厳命された。なんとかフリードと踊るのを回避する手立てはないかと懊悩《おうのう》していた矢先、フリードの訪問当日、つまり今日、リリスは流行《はや》りの風邪を引いてしまい熱を出したという訳だ。

侍医の指示で、万一、フリード皇帝や太皇太后、随行の高貴な方々にうつしては大変と、王宮の一番端の棟に隔離される。

侍医からは一週間は安静にと言われているため、フリードに会うことなく彼は帰国の途につくことだろう。

喜んでいいはずなのに、なぜかリリスはちょっと残念に思った。

昼頃までは熱が高かったものの、熱さましの苦い煎じ薬のお陰か、夕方になるとすっかり熱が引いた。

残るのは鼻水の症状だが、こちらは治るのにもう少しかかりそうだ。

お昼にはなかった食欲も出てきて、夕方にはスープを飲むことができ、リリスはかなり元気を取り戻した。

「――生きているって最高よね」

機嫌よく起き上がってドレッサーの前に座り、ブラシで髪を梳《す》いていると侍女のウィラが頰を桜色に染めながら部屋に入ってきた。

「まぁっ、王女様、起きていらしたんですね。こちらをどうぞ。フリード陛下からお見舞いに届けられたお花です。なんでもヴァイシュタットの温室で育てられたお花だそうですよ」

侍女から手渡されたのは淡い紫色の花束だった。

どこかで見覚えのある気がした。

「可憐で綺麗なお花ね」

「お優しいですよね。しかも背がたいそう高くて麗しくて……。麗しく微笑まれてあまりの神々しさに目が潰れるかと思いました」

ウィラがほうっと溜息を零《こぼ》す。

「え？　それってもしかして、フリード様に会ったの？」

リリスは驚いた。皇帝がお見舞いの花束を渡すだけなのに、一介の侍女にわざわざ会うだろうか。

「はい……。実は王女様がベッドでお休みになっている時に陛下に呼ばれまして。なんでもフリード陛下がリリス様のご体調をたいそうご心配されていて、側に仕えている侍女に直接、リリス様のご病状を確認したいと言って。少しお話いたしましたが、ご尊顔を拝謁して神とお話しているような気分でしたわ。同僚にも羨ましがられてしまって……うふ、うふふ……っ」

会った時のことを思い返したのか、くすくすと社交界デビューしたての少女のように話すウィラは、まるで恋する女の子だ。

――やるわね。一目でカタブツのウィラを恋に落とすなんて、やっぱり危険な人だわ。話しかけられただけでも、彼に恋する女性に呪われそう。

リリスは不用意に彼に近付かず、用心しなければと思う。だがあっけなく侍女を瞬殺して恋に落とした、フリードのその神のような尊顔とやらをひとめ見ておきたい気持ちになった。

たぶんこの訪問の後は、我がロゼリアに彼がやってくることは殆《ほとん》どないだろう。もちろん、リリスもヴァイシュタットに行く用事もないし、たとえあったとしても行くわけがない。

ということは、この機会を逃せば、このまま一生、彼の姿を見ることはない。

死の運命を回避するには、それに越したことはないが、それでも小さな頃から朝晩欠かさず枕もとの姿絵に話しかけるほど、大好きだった皇子様だ。

その彼が大国の皇帝となり、どんな殿方になっているのかリリスも見てみたいと思った。

たった一目でいい。彼を見てみたい。

こっそり見るだけなら、呪われたり毒殺されたりすることもないだろう。

「――そうよっ」

リリスはポンっと両手を打った。

誰にも知られることなく、思う存分、彼を観察できる場所がある。

それにちょうど晩餐会を終えてこれから歓迎の舞踏会が始まる時間だ。

リリスは早速、厚手のガウンを羽織ってウィラに伝えた。

「ちょっと図書室に行って本を取ってくるわね。熱も下がったし、ただ寝ているだけだと退屈なの」

「まぁ、王女様。病み上がりですし、どんな本か仰《おっしゃ》っていただければ私が取ってきますから」

「いいのよ。自分の気分で本を選びたいの」

「では、お供を――」

「いいってば。あなたも食事の時間でしょ。お父様も奮発して、今日は召使い達にもご馳《ち》走《そう》が振る舞われるそうよ。すぐそこだし、ついてこなくていいわ」

心配するウィラを宥《なだ》めて、リリスは一人で廊下に出た。すると誰もいない。

――ほらね。

やっぱり王宮の方に警備や召使いを取られ、リリスが隔離されている建物には、護衛の騎士も召使いも全くおらずガラガラだ。

しかも舞踏会の大広間近くまでは、王族だけしか知らない秘密の通路がある。

リリスは図書室に向かうと見せかけて、あたりをキョロキョロ見回してからさっと秘密の通路に入った。

その通路から舞踏会場となっている大広間の上の階に向かう。

大広間は一階から二階まで吹き抜けになっており、二階には楽団が演奏するバルコニーがある。その奥に隠し通路があり、絵画とカーテンのすき間から一階の大広間がよく見渡せるのだ。

その昔、敵国の王族がやってくると、ここに弓矢をもった刺客が潜んでいたのだという。

リリスは早速、大広間の壁一面に大きく飾られている絵画のカーテンの影からこっそり覗くことにした。

舞踏会場には国内の貴族が全員招待されたのか、すごい人だ。

貴族の令嬢たちは、若く独身の皇帝フリードを一目見られるとあって、ここぞとばかりに華やかなドレスを身に纏っている。

「まぁ、万が一、見染められたりする可能性もあるものね……」

なぜか胸が騒めく。フリードがあの可愛らしい令嬢たちと踊ったりする様子を想像すると、心がチクリと痛んだ。

そのときラッパのファンファーレが厳かに鳴り響いた。

「ヴァイシュタット皇国　皇帝フリード陛下、ならびに太皇太后陛下のおなーりー」

舞踏会場の上座の大扉が、一張羅のお仕着せを着た侍従たちによって恭《うやうや》しく開かれた。

皇帝フリードが太皇太后をエスコートして現われる。

途端に会場からどよめきが上がった。

リリスも驚きで息が止まりそうになる。

――神とお話ししているような気分でしたわ……。

まさにフリードが会場に現われた瞬間、彼の纏う黄金のオーラに目を奪われた。

世界中の煌々《こうこう》と輝く炎の光をかき集めたよう。

目もあやなダークブロンドの髪、黄金の鷹のごとく煌めく金色《こんじき》の瞳。

――なんて素敵なの……。

かの国の正装である金の肩章のついた壮麗な白の軍服の上に、ヴァイシュタット皇国の色である深紅の肩掛けマントが映えて鮮やかだ。

マントを靡《なび》かせながら颯爽《さっそう》と歩を進める所作のひとつひとつに、黄金の粉が舞い散るようで、さらに人々が溜息を零した。

最高峰の仕立による衣服の上からでも隠しきれない彼の逞《たくま》しい体軀《たいく》。

リリスは初めて彼の姿絵を見た時のように、衝撃に心臓を貫かれた。

赤ん坊が目覚めて初めて日の光を見た時のようなときめきが身体中に流れ込んでくる。

抜きんでて背が高く威風堂々とした姿は、彼がまさにこの世の神の寵愛《ちょうあい》を一身に賜っているといっても過言ではない。

すると会場のあちこちで、騒めきがおこった。

なんと、麗しいフリードの姿を目の当たりにするという栄に浴した貴婦人たちが、次々と波紋のように失神するという事態。

貴婦人たちは侍従たちにより、急いで別室へと運ばれていく。

そこでリリスはハッと我に返る。またこの大陸に新たなフリードの伝説が生まれた。

めったに他国を訪れないフリード帝を迎えたロゼリアの舞踏会での様子は、早馬で各国に届けられ、明日の朝には大陸中に知れ渡ることになるだろう。

だが、一見にこやかに接しているフリードは、どこか退屈そうだった。

舞踏会が見渡せる国賓用の椅子には、リリスの父母である王と王妃の間に、太皇太后と並んで座し、ロゼリア王国の上位貴族らの挨拶を受けている。

舞踏会が始っても、ダンスは誰とも踊らないようで、片肘を付いて眺めているだけだ。

もしかしたら、ちょっと不機嫌なのかもしれない。

傍らに座る父が、なんとか彼の機嫌を取ろうとあれこれと必死に話しかけている様子に、リリスはくすくす笑った。

フリードが誰とも踊らないことに、なぜか嬉しさが込み上げた。

早く戻らなければいけないのに、今夜限りでもう一生、彼の姿を見ることもないのだと思うと、あと少し、あと少しと一秒でも長く目に焼き付けたくなる。

――どうせ部屋に帰っても一人だし、今夜は心ゆくまでフリード様を眺めていてもいいわよね。

リリスは長居をすることに決め、カーテンの陰に座り込んだ。

その時、リリスの身体がカーテンに触れ、壁一面に描かれている絵画の縁を飾るカーテンが微《かす》かに揺れた。

誰一人気にも留《と》めなかったのだが、なんとフリードはそのごく微小な揺れに気が付いたらしい。その目が矢のように鋭くリリスの方に向けられた。

「――――っ」

フリードと、目が合った。

リリスはまるで鷹に狙いを付けられた小動物のように、なすすべもなく固まった。

喉がからからで心臓は胸から飛び出そうなほど、どくどくと跳ね上がっている。

――気づいた？　絶対に気がついたわよね。

病気のはずの王女が、こっそり抜け出して寝巻にガウン姿で舞踏会を覗《のぞ》き見《み》ているなんて、王家としての恥だ。

父母にバレたら、それこそ尼僧院送りになっても文句は言えない。

どうしたらいいか分からないでいると、なんとフリードがふっと表情を和らげ、満面の笑みを零した。

黄金に煌めく瞳を細め、唇をゆっくりと引き上げたのだ。

そしてなんと、リリスに向かってウィンクを投げた。

そのあとも肩を揺らしながらクスクスと笑っていて、隣の太皇太后に肘で小突かれ不審に思われているほどだ。

——マズイっ！　笑われた……？

リリスは咄嗟《とっさ》にカーテンの後ろに隠れると、急いで秘密の通路から駆け出し、一目散に自室へと戻った。

部屋に入るなり、扉をバタンと背で閉めてそのままへなへなと座り込む。

小鳥がまるで胸の中に閉じ込められたかのように、心臓がバタバタとなり騒いでいる。

——フリード様……。

小さな頃に感じたときめきよりも、もっと心が騒めいている。

——いけない、忘れなければ。

身の内で怪しくざわめくこのときめきは、きっといつかリリスを死に誘う。

なのにリリスはそっと胸に手を当てて、このときめきが冷めやらぬようにと祈っていた。

第二章　鎧の男

舞踏会の翌日、リリスはまた少し熱を出した。

目覚めてからも身体がだるく、起き上がれずにベッドの中でゴロゴロしている。

思うに、これは風邪の熱というよりも知恵熱の類《たぐい》ではないかと思う。

夕べ目にしたフリードの姿のあまりの神々しさにあてられたのではないか。

――うん、絶対そうよ。

目が合った瞬間、リリスの身体は雷に打たれたような気がした。

七年越しに目にした彼は、六歳のときに彼の姿絵を一目見た瞬間、恋に落ちた時と変わらず、リリスにとっては理想の皇子様のままだった。

いや、それ以上に精悍《せいかん》で逞しい、黄金の鷹のような男性になっていた。

でも、もうこれで一生、彼とは会うこともない。

リリスはごろんと寝返りを打った。

自分はこの先、恋もせずに年老いるまでこの王宮の片隅で生きていく。

夕べ垣間見たフリードの面影は、そんなリリスの心にとって生きる糧となるだろう。

彼の面影が燦然《さんぜん》と輝く陽の光のように、自分の胸の内を照らしてくれれば、心が寂しくならずにすむ。

なのにどうしてこんなに悲しいの？

リリスの瞳から、涙が零《こぼ》れ落《お》ちた。誰も部屋にいないことをいいことに、寝台に丸まってわんわんと泣きじゃくる。

存分に泣けば、きっと彼への恋心を忘れられる。

昔の著名な詩人が言っていたじゃないの。恋はため息と涙でできている、と――。

――本当にさようなら。私の恋、私の皇子様。

リリスは十二歳のときと同じように、再び自分の恋に別れを告げた。


……＊…………＊…………＊……


「ねぇねぇ、リリスにはもう届いた？」

「届いたって、何が？」

「いやぁね、花嫁選びの舞踏会の招待状よ」

「――花嫁選びの舞踏会？」

「あら、知らないの？　ヴァイシュタットのフリード皇帝が花嫁選びの舞踏会を開催するんですって。大陸中の社交界はその噂でもちきりよ」

フリードがロゼリアを去ってから数日後、すっかり熱も下がりいつもどおりの引き籠り生活をしていると、従姉妹がリリスのお見舞いにやってきた。

今日は天気も良かったため、テラスでお茶を飲み始めた時、思いもかけないことを聞かされて、二人の従姉妹の顔を交互に見た。

「なんでも臣下たちが早くお世継ぎをとフリード陛下を急《せ》かしているらしいわ。なかなか花嫁を決めないフリード皇帝にしびれを切らして、議会で花嫁選びの舞踏会を開催することを決めたそうよ。この大陸のほぼ全ての国々の未婚の王女に、ヴァイシュタット皇帝フリードの花嫁選びの舞踏会の招待状が送られるのですって」

彼女たちは、リリスの母方の従姉妹であるから貴族ではあっても王族ではない。

そのため二人は「リリスが羨ましぃ〜」と残念がった。

「しかもね、リリス。未婚の王女だけではなくて、なんと同盟国の独身の王子様たちも招待されるらしいの。まるでヴァイシュタット主催の一大お見合いパーティーよね。いいなぁ、リリスにもきっとそのうち招待状が届くわよ」

けれどもリリスはそれを聞いて気持ちがしゅんと沈んだ。

招待状が来ても、自分は行けるはずもなく――。

その花嫁選びの舞踏会で、いよいよフリードの花嫁が決まるのかと思うと、胸の奥が切なく痛んだ。

いつかこんな日が来ることに、心構えは出来ていたはずなのに。

「――リリス王女様の夢は何ですか？」

幼い頃に、侍女のウィラからそう聞かれたことがよくあった。

「もちろん、フリード皇子のお嫁さんになることよ！」

決まってリリスはそう答えた。

「僕がずっと探していた運命の相手は、ここにいたんだね。リリス」

あの時のフリードの優しい瞳が忘れられない。

子供ならではの一途《いちず》な想いが、いまだリリスの胸の中で燻《くすぶ》りつづけていた。

だが、リリスの未来を暗示した運命の輪のタロットカードは、リリスをそう簡単には手放さなかったらしい。

数日後、元気のなくなったリリスの元に父と母が喜び勇んで駆けつけた。

自室で食後のお茶を飲んでいたリリスは、二人の興奮ぶりに目を丸くする。

「リリス、一大事だ、一大事だっ」

父王が何やら壮麗な書状を片手に侍従を従えて鼻息を荒くしている。

「いったいどうしたの？　お父様、お母様？」

「ぶ、ぶ……。ぶどう……、ぶどう……いや、ぶとう……」

父がはぁはぁと息を切らした。

「葡萄《ぶどう》？　葡萄を召しあがりたいのですか？」

「その葡萄ではないっ。舞踏会だっ」

「――舞踏会？」

リリスは気色ばんだ。嫌な予感がする。

「喜べリリス！　なんとヴァイシュタット皇国のフリード皇帝が、花嫁選びの舞踏会を開催するそうだ。お前にもほらっ、し、招待状がっ。しかもフリード皇帝の直筆の手紙付きだぞっ」

父は嬉《うれ》し泣《な》きしながら、リリスにその書状と手紙を差し出した。

――リリス王女殿下
先日、訪問した際、お母上からあなたがお風邪を召して舞踏会に参加できず、私とダンスができないことをたいそう残念に思っていることを伺いました。実は私もリリス王女殿下に会うことが叶《かな》わず心の灯が消えそうになりましたが、思いがけず壁画にて可愛らしいお姿を拝見できました。

我が国でご令嬢方をお招きして舞踏会を開くので、どうぞお越しください。その時に、舞踏会場でリリス王女の可憐なお手を取ることを楽しみにしています。

ヴァイシュタット皇国　皇帝　フリード

――うそ、でしょう……。

リリスは手紙を両手で握りしめたまま、わなわなと震えた。

これは、まさか、毒殺ルートへの招待状？

しかも壁画の陰で覗き見していたことも、しっかりバレていて、それとなく匂わせている。

「だが、リリスの壁画なんてあったかのう？　小ぶりの肖像画が家族室にあるだけだが」

父王がはて……と首を傾《かし》げた。

「あなた、きっと回廊に描かれている二代前のアンヌ王女の壁画と勘違いされているかもしれませんわね。リリスと同じローズゴールドの髪でしたから」

すかさず王妃が返し、なるほどと納得しあっている。

「よいか、リリス。もう風邪は治ったようだし、急いで出国の支度をするんじゃ。リリスがヴァイシュタット帝国フリードの花嫁になるらもしれん」

父王のその言葉に、召使い達がきゃあっと歓声を上げ、しかも母がさっそく荷造りの指示をし始めた。

「ちょっ、ちょっと待ってて っ！　お父様、お母様っ、私は行きませんっ」

リリスがぴしゃりと言うと、誰もが動きを止めてシーンとなった。

ここで流されてはいけない。

リリスは父の目を見て感情を込めずに言った。感情を込めると、心が挫《くじ》けそうだったから。

「お父様、わが国はヴァイシュタット皇国の観光地にもなっているし、自然にも恵まれているから、かの国の別荘もあるわ。フリード陛下はこの間我が国を訪れたお返しに、単なる社交辞令で私にも招待状を送っただけよ。それにうちのような小国の王女が大国のお妃になんてなれるはずがないじゃない。なによりきちんとお父様とお母様に伝えたいのだけど、私は誰とも結婚する気はないの。この国の片隅でひっそりと生きていこうと決めているの」

静かだが、きっぱりとリリスは言い切った。

他の国の王女は、招待状が届いたらきっと狂喜乱舞したことだろう。

でも、リリスにはできない。

せっかく神様から貰《もら》ったこの人生をまた台無しになどしたくない。

だが、誰とも結婚するつもりはないという言葉が、父の逆鱗《げきりん》に触れてしまったようだ。

「リリス！　お前は王女のくせになんということを言うのだ！　王女で生まれたからには国民にその責務を果たす義務がある。外国の王族と婚姻を結び、この国に国益をもたらすのがお前の務めぞ！」

「でも、嫌なものは嫌なんだものっ」

「ええい！　よいかリリス！　ヴァイシュタットのフリード皇帝が叶わぬなら、この花嫁選びの舞踏会で、どこぞの国の王子を見つけて花婿として連れてこないと、尼僧院送りだ！　もちろん、尼僧院に行けば、今のような自由気ままな生活はできないと思え！」

「――そんなっ！　お父様っ、横暴よっ」

舞踏会の招待状をリリスに投げつけ父王は憤慨して大きな足音を立てて部屋を出て行ってしまう。

「ちょっと、あなたっ！」

慌てて母も父の後を追った。

――尼僧院といえば、慎《つつ》ましく生活ができて静かに暮らせそうだけど、実を言うと戒律がものすごく厳しい。

尼僧院では散歩の時間も一日半刻と限られているし、一般の本も殆ど読めない。神に関する本ばかりだ。聖書以外に余計な知識は持たなくてもいいという考えなのだ。

一日のほとんどを、聖堂で神に祈りを捧《ささ》げ費やす、そんな生活なのだ。

——そんなのイヤ。大好きな読書もできず散歩もほとんどできないなんて、心が死んでしまう。

さすがにリリスも尼僧院は避けたかった。

どうして分かってくれないのだろう。私はただ静かに天寿を全うしたいだけなのに。

前世でのことがなければ、私はきっと喜び勇んで花嫁選びの舞踏会へと出かけていただろう。

するとウィラが、床に落ちた舞踏会の招待状を拾い上げてリリスに渡した。

「……王女様……」

「ウィラ、どうしてお父様もお母様も分かってくれないの？　私は、ただこの王宮でひっそりと生きていたいだけなのに……」

招待状にぽたりとリリスの涙が零れて、フリードの字が滲《にじ》んだ。

「——王女様……。大丈夫ですか？　私にいい考えがございます」

この世の終わりが近付いたがごとく、瞳を潤ませるリリスの手を侍女のウィラがしっかりと握りしめた。

「いい考えって？」

「王女様はロゼリアでずっと静かに暮らしたいのですよね。花嫁選びの舞踏会では、各国の王子様方も参加されるとか。きっと貰《もら》い手《て》のない小国の第三王子とか第四王子が沢山きますよ。そういった誰にも必要とされていない王子様を花婿に選んで、この国に連れてきてしまえばいいんですよ。小国のほうも無駄飯食いの第三、第四王子がいなくなれば、厄介払いができたとばかりに結婚に大賛成ですよ。そのままロゼリアで暮らせば、王女様はこれまでどおり自由気ままに暮らせますでしょ。伴侶はいますけれど、婿養子なら大きな顔はできませんし」

「なるほど。ウィラ、冴《さ》えてるわね」

リリスは目をぱちぱちと瞬いて涙を追いやった。

――ようは、地味で誰も羨ましいとも思わず、恋敵なんて一人もいないような、存在感の薄い他国の第三王子か第四王子を捕まえればいいのね。

そうすれば誰かの妬みを買って毒殺されることもないだろう。

父や母だって、結婚してしまえばうるさく言ってくることもないだろう。きっとこれまでどおりロゼリアで自由に暮らすことができる。

花婿をリリスの地味なペットだと思えばいいのだ。ペットになら優しくできる。

「ウィラ、ありがとう……。お父様に、花嫁選びの舞踏会に参加するって伝えてきてくれる？　きっとどこかの冴えない王子を花婿として捕まえて帰るから」

リリスとウィラはくすりと笑いあった。

今回の花嫁選びの舞踏会では、他の王女様方はフリード一点買いになるだろう。だが、リリスは王女という大群の押し寄せるフリードを無視して、あぶれたどこかの王子様を拾いあげればいいだけだ。

しかもリリス自身もそれなりの財産もある。貧乏な国の第三、第四王子なら、リリスの持参金も欲しいはず。

だが、このときリリスは知らなかった。

フリードの直筆の招待状を送られたのが、リリスたった一人だけだったということを。

……・＊・…………・＊・…………・＊・……

ロゼリアの王都からヴァイシュタットの国境は近い。

馬車で早朝に出発すれば、夕刻には国境に到着する。

両国を分かつように流れる河には、ヴァイシュタットの出資で二年前に大きな石橋が架かり、おかげで両国間が馬車で行き来ができるようになった。

あと半刻も進めば、国境の石橋へと辿《たど》り着《つ》くだろう。

「この橋を渡れば、いよいよヴァイシュタットね」

リリスは同行しているウィラに話しかけた。

この橋を戻る時には、絶対にどこぞの第三、第四王子を手土産に持ち帰らなくては。

リリスがそう意気込んだとき、馬車ががくんと大きく揺れて急停止した。

「きゃぁっ、何事？」

ウィラと二人で馬車の外に降りてみると、車輪がちょうど雨上がりの泥濘《ぬかるみ》に嵌《は》まって動けなくなってしまっており、リリスは眉をひそめた。

──むむぅ。幸先《さいさき》悪い……。

しかもリリスたちの一行がヴァイシュタットに向かう道を塞いでしまっているものだから、あとがつかえてしまい大渋滞になってしまった。

「おーい、道を塞いでいるのは一体どこの馬車だ。へたくそめっ」

後方の馬車から野次《やじ》が飛ぶ。

リリスたち一行は、目立たないように王家の紋章をつけずにいるものだから、どこかの貴族としか思われておらず、後ろから罵声を浴びせられている。

「お嬢さん方、歩いて渡ってくれよ。荷物もそんなにぎゅうぎゅうに馬車に積んどるから泥に嵌まって抜け出せないんだ。荷物を一旦全部下ろして馬をもっと繋《つな》いで引っ張れ。こっちは夜の商談までに荷物を間に合わせなきゃいかんのだっ」

後ろの商人たちがリリスや御者、護衛たちにくってかかってきている。

「──なにをっ！　お前ら風情《ふぜい》がこのお方をどなたと……」

「まぁまぁ、この人の言うとおりだわ」

リリスは侮辱されて憤慨している護衛を制止した。

「ウィラ、私たちは歩いて先に行きましょう。荷物を下ろせば馬車が軽くなるし、護衛の馬も馬車に繋いで引っ張れば、きっと轍《わだち》からすぐに抜け出せるでしょう」

「お待ちください。姫様にそんなことはさせられません。この石橋だってかなりの距離があるのですのよ。ここから王城まで歩くとなると、二刻はゆうにかかります。王女様のお靴では、おみ足を痛めてしまいます」

珍しくウィラが妙に顔を赤くして異を唱えた。

「大丈夫よ。別に急いで行く必要もないし、ゆっくり行きましょうよ」

リリスが護衛に指示して歩き出そうとすると、いきなり身体が軽くなる。

「きゃっ、え？　な、なに？」

するとどこから現れたのか、いかつい銀の鎧を着た男に馬上に持ち上げられ、しかも男の前に乗せられてしまっている。

――ひ、人さらい？

「いやっ、なにするのっ。放してよっ」

リリスは鎧の男の胸を両の拳でバンバンと叩《たた》いた。当然だがビクともしない。

「これはまた、ずいぶんとお転婆だな。風邪は治ったのか？」

鎧の男は上半身をかがめてリリスの顔を覗き込んだ。鎧兜の目元の覆いをあげている。

その瞳が、心配そうな色を帯びていた。

——なぜ、この男が風邪を引いたことを知っているの？

すると鎧の男の背後から、ほっとした顔の美青年が馬に乗って現われた。その顔には見覚えがある。

——この人どこかで……。

リリスは、はっとして思い出した。

この美しい顔の青年と鎧の男は、フリード皇帝がロゼリアを訪問すると父王に伝えにきた使者だ。

すると黒髪に青い瞳の美形の青年貴族が、馬から軽やかに下りてリリスの前で恭しく片膝をついた。

「ヴァイシュタット皇国、ベラード公爵家のルーファス・ジュート・フォン・ベラードでございます。どうぞジュートとお呼びください。リリス王女様のご到着が遅いので、ご心配されたフリード皇帝の命により、お迎えに上がりました。あなた様が我が城にお着きになれば、ご招待に応じたご令嬢が全員揃《そろ》います。フリード陛下が朝からずっとお待ちかねでございます」

——そういうこと。フリードは一刻も早く花嫁探しの舞踏会を始めたいらしい。

「リリス様はどうぞこのまま馬でその護衛と一緒に王城へどうぞ。侍女の方も、もう一人の護衛の馬に乗せて王城へご案内いたします。私は王女様の馬車をなんとかしますので」

「あら、心配無用よ。足があるから歩いて王城までいけるもの」

リリスが馬を降りようとすると、鎧の男がリリスの腰を掴んだ。

「何するの？　放してちょうだい」

長身で無駄に存在感のある護衛だ。なんだか癪《しゃく》に障る。

「王女。その可愛い小さな足でカタツムリのごとくゆっくりと歩くのも君の自由だが、一緒に随行している侍女……、ウィラと言ったかな、具合が悪そうだよ。君が引いた風邪がうつったんじゃないか。早くヴァイシュタットの王城に連れて行って休ませてあげたほうがいいと思うが」

「え……うそっ」

リリスは想定外のことを告げられて、びっくりした。ウィラの様子を見ると、確かにその顔が熱っぽく、ほのかに赤く火照っていた。瞳も心なしか潤んでいる。

どうりで今日は話しかけても言葉少なだったはずだ。

「召使いは主人の前では、自ら体調不良を訴えたりしないからね。それにフリード皇帝の舞踏会への参加者はジュート卿も告げたとおり、君で最後だ。早く到着してもらった方が、フリード皇帝よりもヴァイシュタット城の召使い達が助かる」

――リリスは後悔した。

フリードが早く花嫁選びの舞踏会を始めたいばかりに、急かされているのだと思っていた。

「――ごめんなさい。我儘《わがまま》を言ってしまって。今すぐあなたの馬で出発します。王城までのご案内をお願いできますか」

リリスは、鎧の男に謝った。

「喜んで」

「あの、王城に着いたらウィラにお医者様を手配できるかしら?」

「もちろん。ジュート卿を先に行かせて手配しよう」

鎧の男が顎でジュート卿に先に行くよう合図を出すと、ジュート卿が心得たように頷《うなず》き、すぐに馬を走らせ先に王城へと向かっていった。

「馬車のことは別の護衛にやらせますからご安心を」

「ありがとうございます」

リリスは鎧の男の気遣いに感謝しつつも、つい今しがたのやり取りが引っかかって小首をかしげた。

ジュート卿は宰相の息子で、しかも公爵家の子息で、かなり身分が高いのよね。

なのにこの鎧の男は、彼を顎で使うなんて……変わっているわ。

「王女、速歩《トロット》で国境を越えますから少し揺れますよ。僕にしっかりと掴まって」

「あ、はい。すみません」

リリスが男の鎧に手を回す。

一見細身なのに、体格がいい。筋肉もしっかりついていそう……など余計な物思いに耽《ふけ》っていると、リリスの頭上から男が話しかけてきた。

「フリード皇帝の花嫁選びの舞踏会への参加がお嫌なのですか？」

「……嫌というか、フリード皇帝に選ばれることは、はなから期待していません。でもお父様にこの舞踏会で、花婿候補の殿方を見つけてくるように言われてしまったの。見つけてこなければ、尼僧院送りだって……。私は好きな人以外と結婚するのは嫌なんです」

──そもそも、結婚自体も嫌なのだけど。

でも、ヴァイシュタットに招待されている立場上、そこまでの本心は打ち明けられない。

「なるほど……。リリス王女は、好きな人と一緒になりたいんですね。あなたの純粋さは昔と変わっていませんね」

「昔？　昔どこかでお会いしました？」

「──あ、いや、昔、フリード皇帝と共にロゼリアを訪問したことがあるのですよ。王女、その時あなたは六歳の可愛らしい女の子だった。当時のフリード皇子に初対面でプロポーズしていましたね」

「そ、そんなようなことを大きくなってから聞いたのだけど、全く記憶にないの。申し訳

ないわ。子供の我儘でフリード陛下を困らせてしまって」

リリスは恥ずかしくなって、覚えていないと嘘《うそ》を吐いた。もちろん忘れるはずがない。

フリードへの求婚が、ヴァイシュタットの騎士たちにまで知れ渡っていたのかと耳を赤くした。

「覚えていない……。本当に？」

「ええ、覚えていませんわ」

「全く？」

「はい。全く」

なぜか鎧の騎士がショックを受けたように天を仰いだ。


ほどなく王都に入り、リリスたちがヴァイシュタットの王城に到着する頃には、日が暮れようとしていた。

薄昏くて王宮のどのあたりを案内されているかよく分からない。だが、ウィラは先に知らせに走ったジュート卿の手配で、宮廷医や医務官たちの手厚い看病を受けることになり、今夜は医務室に近い部屋で休めることになったらしい。

「あの侍医は、皇帝付きの侍医だから安心だ。それに看護の者たちも付いている」

心配して今夜は付き添うと申し出たリリスに、鎧の男が安心させるように言った。

「フリード陛下の……？　まぁ、陛下の機嫌を損ねたらどうしましょう……。私がもっと早くウィラの体調に気が付いていれば……」

「そんな心配は無用だ。フリード皇帝は丈夫だから殆ど病にかかったことなどない。侍医も久しぶりに仕事ができると張り切るだろう。それに王女も疲れているだろう。部屋に案内しよう」

「あ……、はい。ウィラを宜《よろ》しくお願いします」

リリスは鎧の男に案内され、迷路のような壮大な王宮の奥深くの一室に通された。

「王女の部屋はここだ」

鎧の男が壮麗な二つ扉を開けると、まるで貴賓室のような絢爛《けんらん》な部屋が広がっている。家具にはすべて、黄金で装飾が施されていた。

「――わ、なんて広くて素敵なの」

さすがヴァイシュタットである。

南に面したテラスのある大きな窓に、壁側には大きな暖炉。部屋の色調は白と金、それにリリスの髪の色と同じローズゴールドで統一されており、高い天井には空をイメージする雲や鳥が描かれている。

壁の燭台《しょくだい》には等間隔にキャンドルが惜しげもなく灯《とも》されていて優美さがうかがえる。

窓際には淡いローズゴールドの薔薇《ばら》が活《い》けられていた。

しかも良い匂いのする精油も焚《た》かれている。

足元にはオービュッソン織のふかふかの絨毯《じゅうたん》に、部屋の中央には幾重にもレースの垂れた天蓋付きの大きなベッド。ゆうに二人はゆったりと寝られるだろう。

リリスは疲れもあって、無邪気にふかふかのベッドにぽんと身体を預けた。淑女らしくないと言われるかもしれないが、実を言うとずっと馬に乗るという慣れない行為をしたせいでお尻が痛かった。

「こんなに広いのですもの。ベッドの上でたくさん運動もできそうね。汗をかいてもそのまま寝られるし」

リリスはコロンと一回転して、鎧の男をベッドから見上げた。

自国では、寝る前に自分の寝台の上で身体を軽く動かし解している。これぐらい寝台が広ければ、思う存分身体を動かせそうだ。

何気なく言った言葉に、鎧の男の動きが急に止まる。

——？　何か失礼なことを言ってしまったかしら？

「それは、……おいおいだな」

ゴホッと咳払《せきばら》いしながら半ば照れたような声でリリスに返事をした。

——おいおいって？　ヘンな人。ベッドでの運動は禁じられているのかしら？

リリスは上半身を起こして、鎧の男の方に向き直った。

「あの、もちろん私も激しいのは無理なの」

「激しいのは……無理？」

「ええ。だって激しくすると、次の日痛いんですもの」

「そ、そうか。激しくはしない。約束する。その、初めては……きっと」

「――？」

なんだか鎧の男と会話が噛みあっていない気がする。

リリスが首を傾げた時、王城の女官らがわらわらと部屋に入ってきて、リリスのドレスが詰まったトランクを運び荷ほどきを始めた。

「荷物も無事に到着したようだ。今宵は皇帝への謁見はないから、ゆっくり体を休めるといい。あとで軽い夕食を用意させよう」

「ありがとうございます。騎士様」

リリスはほっと胸をなでおろした。

――それはそうよね。わざわざフリードが、小国の王女を出迎えるはずもない。

やっぱり自分が心配しすぎているだけだ。

それはリリスにとっては、ほっと安心できることだ。

けれど十二歳までフリードのことが大好きで、実は未《いま》だにその恋心を胸のうちに秘めているリリスは、自分が彼にとってその程度の存在だったのかと、少しだけ肩を落とした。

──やっぱり隣国という付き合いがあるから儀礼的に招待状を送ってきたのでしょうね。

鎧の男が去ると、リリスは女官たちと一緒に荷物をしまい、ようやく片付いたとき、運んでもらった軽い夕食をひとりで食べて湯浴《ゆあ》みをする。

長い一日にリリスは湯に浸《つ》かりながら欠伸《あくび》をかいた。ウィラの様子も女官に尋ねたところ、薬を飲み、幸い熱も上がらず早めに休んだという。

あの鎧の男がウィラの様子に気づかなければ、体調の悪いウィラを何時間も王城まで歩かせて、もしかしたら倒れてしまっていたかもしれない。

そんなことにならなくて良かった。

立ち居振る舞いが上品なジュート卿に比べ、なんだか横柄な感じの男ではあるが、よく気が付くタイプらしい。

「うーん、今日は疲れたし、そろそろ私も寝ようかな」

リリスはベッドにゴロンと横になると、あの騎士から「激しい運動は、おいおいで」と言われてしまったため、今夜のところはそのまま何もせずに横になった。

お尻が痛いから、少しだけ身体を解したかったのだけれど。

テラスの窓の外に高く昇るヴァイシュタットの王城を照らす月をぼうっと眺めているうちに、ウトウトし始めた。

どこかで静かに梟《ふくろう》が鳴いている。

夜のしじまを縫う音があまりにも心地よく、自然とリリスは眠りについた。

夜も更けて、リリスがすっかり熟睡した頃、テラスの窓のカーテンがふわりとそよいで一人の男が音もたてずに室内に入ってきた。

すやすやと眠るリリスの寝台の傍らに、そっと腰かける。

「――この時を長い間待ち続けた。ようやく手に入れたよ。リリス」

ごつごつした男らしい長い指をリリスの頬に沿わせて、優しく撫でるとリリスが子猫のような甘い声を出した。

「ふ、なんと可愛らしい。二度と後悔はしない、後悔もさせないからね……」

男は彼女の傍らに紫色の小花を一輪添えると、あえかに微笑んだ。

そうしてリリスの小さな唇に己の唇をそっと重ねる。

男の髪が月明かりに照らされて、黄金色に輝いていた。


……・＊・………………・＊・…………………・＊・……


花嫁選びの舞踏会には、大陸中の美姫たちがこぞって招待されていた。

彼女たちは国賓専用である迎賓館に部屋を用意されていたが、なぜかリリスだけが皇帝フリードと同じ王宮内に部屋を用意されていた。

すっかり熱も下がり、侍女に復帰したウィラが色々な情報を仕入れて教えてくれたのだ。

「王女様、なんでも王女様のご到着が最後だったせいで、迎賓館がすでにほかの国々の王族の方々で埋まってしまったそうです。想定以上に、この花嫁選びの舞踏会に参加されるお姫様たちが多かったらしくて」

リリスは失敗したと悔やんだ。

あまり早く付いて、いかにも花嫁選びの舞踏会を心待ちにしていると思われたくなくて、わざとぎりぎりまで出発を遅らせたのが裏目に出てしまったようだ。

そのせいでリリスは今、見た目は華やかで美しい花々の棘《とげ》にぶすぶすと刺される事態に陥っている。

先に到着していた王女達の間では、既にいくつかの派閥が出来ていた。

一番最後にヴァイシュタットにやってきて、まさかのフリードの居室と近い王宮の中に部屋を与えられたリリスを一目見ようと、彼女たちが主催するお茶会に呼び出されたのだ。

本心からいえば参加したくはなかったけれど、どこかの国の王女の兄弟に、第三、第四王子がいないか情報を聞き出せるかもしれない。

そう思って、軽い気持ちでこのお茶会に参加してみたのだ。

けれど、リリスは参加したことを思い切り後悔している。

王女たちの派閥は力のある国の王女を中心に、小中の国の王女らが彼女を取り巻いていた。

一番大きな派閥の中心にいる王女は、ヴァイシュタットの西方にある大国、バスクーム王国のルヴィーナ王女だった。バスクームは大陸の西半分を占める中小の国々に、その軍事力をもって力を誇示し、権勢を誇る国だと聞いたことがある。

注意して見るとルヴィーナ王女の取り巻きは、やはり西方の小中の国々の王女が殆どだった。

取り巻きの王女の一人が、優雅な所作でティーカップをリリスに渡しながら、小鳥が囀《さえず》る声でチクリと嫌味《いやみ》を言う。

「リリスさん、私たちは招待を受けてすぐに出立し二週間前から滞在しているんですの。ほら、ヴァイシュタットは大国でも陛下のお母上がいらっしゃらないでしょう？　迎賓館も細やかな配慮もゆき届かないところもあるかもしれないですし、私たちが先に来てルヴィーナ王女様や他の大国の王女様に過ごしやすい環境を作っておこうと思いましたの」

まるでリリスには、大国ルヴィーナ王女や他の王女への気遣いが足りてないと言わんばかりの口ぶりだ。でも、ヴァイシュタットの東に位置するロゼリアは、バスクーム王国とはほとんど交流もないし、はっきり言ってここに来るまでそんな王女がいることさえも知らなかった。

「まぁ、皆さんのそのお気持ち、なんてありがたいのでしょう」

リリスの真向かいに座り、艶《つや》めく黒髪に青い瞳をした正真正銘の美姫であるルヴィーナ王女が、扇で口元をひらひらと小さく扇いだ。

指も長くほっそりしている。

「ルヴィーナ様でさえ、一週間前にご到着されたのですのよ。しかも私たち先に来ていた王女方との労《ねぎら》いの交流会も何度も主催してくださって。私たち、今はもうすっかりほとんどの皆様と仲良くなりましたの。でもリリスさんは聞くところによると、昨日の夜中に到着されたんだとか。先触れもなく王宮の召使いや女官の方々も急なご準備で大変だったと侍女から聞いておりますわ。まさか夜中にご到着されるなんて……」

――いや、リリスが到着したのは夜中ではなく日没頃だ。

でも、どういう訳か夜中に到着して王宮の召使いに迷惑をかけたお騒がせ王女的な認識になってしまっている。

「――途中で、馬車の調子が悪くなりまして……」

「まぁっ、馬車の？　王族の乗る馬車の調子が悪くなるなんて聞いたことがありませんわ。ロゼリアでは日頃からまともに馬車の整備もされていないんですの？」

王女たちがくすくすと笑う。

無難にやり過ごそうと思っていても、リリスが何かを言えば、逆に花嫁候補の王女たちの格好の餌食となってしまう。

「私でしたら、きっと王都内の宿に泊まるよう指示すると思うわ。だって夜中に王城に到着するなんてヴァイシュタットの皆様にご迷惑をかけてしまうもの。それが王族としての礼儀かと」

ルヴィーナ王女がリリスに諭すと、周りの王女達が「やはりフリード陛下の婚約者の最有力候補と言われているルヴィーナ様、その御配慮、流石《さすが》ですわ」ともてはやす。

――なるほど。今知った事実だけれど、このルヴィーナ王女がフリードの婚約者として一番有力視されているらしい。

たしかに遅れて到着するなど、配慮が足りなかったのは事実だ。

でも、フリードに言われるなら分かるが、お妃気取りでなんの関係もない他国の王女に言われる筋合いはないのではないか。

リリスはムッとしたが、顔には出さないようにした。

「あの、お城からジュート卿が迎えに来られて……。到着が遅いからと」

「ええっ、ジュート卿がっ？」

王女たちは一様に顔を見合わせた。

「人違いではなくて？　フリード陛下は、どの国の王女にも使者を寄越《よこ》して迎えになど行かせていないわ。しかもジュート卿はフリード陛下の右腕なの。フリード陛下以外の命では動かないのよ。ご存じ？」

「でも、確かにジュート卿と名乗っていらっしゃって。黒髪に青い瞳の方でした。フリード陛下も早く花嫁選びの舞踏会の準備に取り掛かりたいらしく、私で参加者が最後だから迎えに来たと」

リリスが付け足すと、「なぁんだ。そういうことね。全員揃わないと舞踏会が開催できないからしびれを切らしたのよ」と納得する。

「リリスさん、王宮内のフリード陛下のお近くにお部屋をいただいたからと言って、勘違いしない方が宜しくてよ。だってここにいらっしゃるルヴィーナ王女は、迎賓館で一番広くて優雅なお部屋をいただいているの。さっそくヴァイシュタットの女官が三人もルヴィーナ王女について、まるで本当の婚約者のようにルヴィーナ王女に傅《かしず》いているんだから」

取り巻きの一人が、扇のすき間から目を横に流して得意げに言った。

——はて？　とリリスは思う。

ヴァイシュタットの女官なら、昨日からリリスにも十人ぐらいの女官が付いて朝からあれこれと世話を焼いてくれている。

フリードの配慮で、来国した王女みんなに等しく女官がつくものだと思っていたけれど違うのかしら。

「そうですか。私にも十人も女官をつけてくださってありがたいですわ。ちょうど侍女のウィラが昨日熱を出してしまったものですから、私も助かっています」

リリスが言うと、そこにいた全員が凍り付いた。

「じゅ、十人……？」

「あ、湯浴みを手伝って下さった方を入れると十二人ぐらいでしたでしょうか。さすがヴァイシュタットの王宮は女官が多いなと驚きました」

うちは小国なのでとリリスが紅茶を啜りながら笑うと、目の前のルヴィーナ王女の持っていたティーカップとソーサーからカタカタと音が鳴った。

「あ、あの、病み上がりの侍女の様子が気になりますので、これで失礼いたしますね。お紅茶をご馳走様でした」

このままずっといたら、身体中が茨《いばら》の棘だらけになってしまいそうだ。

会話がちょうど途切れたところで、リリスはお茶会の席からこれ幸いにと立ち去った。

「十人……、いえ、十二人……？」

ルヴィーナ王女が歯ぎしりしながら呟いた。ルヴィーナに付けられているヴァイシュタットの女官はたった三人だ。

――もしや、フリード陛下は……。

ルヴィーナも父であるバスクーム王に、必ずフリードを射止めよという王命を受けていた。なぜなら、いずれ自分がフリードとの間に儲けた子をこのヴァイシュタットの王にして、父であるバスクーム王がこの大国の覇権を手にしようと画策しているからだ。

バスクーム大使館からの情報によると、なぜかフリード皇帝は、ちっぽけな小国ロゼリアの姫に関心を示しているという情報を得ていた。

そのためお茶会に本人を呼び出してみたのだが、なんてことのないただの王女だ。確かに髪の色はローズブロンドで希少ではあるが、目を瞠《みは》るほどの美女かと言えばそうでもない。

ちょっと可愛らしいだけの王女で、あの程度の女なら五万といる。

長身で逞しく唯一無二の神々しい皇帝フリードには全く相応《ふさわ》しくない。

——そうよ、傾国の美女と謳《うた》われる私以外に彼の隣に立てる王女はいないわ。

花嫁選びの舞踏会だって、フリード皇帝と一番最初のダンスを踊るという約束を取り付けている。まさかフリード陛下が小国の王女を相手にするはずはないだろうが、邪魔な芽は早めに摘んでおく必要がある。

ルヴィーナ王女は、ポケットにそっと忍ばせている小瓶を取り出した。

小さな香水瓶の中に、薔薇色の液体が揺れている。

父王から恋敵《ライバル》が現われたらこれを使えと密《ひそ》かに渡されたものだ。

「あら、ルヴィーナ様、綺麗な香水瓶ですわね。どちらの香水なんですの？」

「ふふ、これは香水じゃないの。ただの虫除《むしよ》けよ」

ルヴィーナの薄く青い瞳が、まるで冷たい炎のように揺らめいた。

第三章　呪詛《じゅそ》

　ようやくお茶会から解放されたリリスは王宮の部屋に戻ると、ぐったりとベッドに横たわった。

「リリス様、お茶会はいかがでした？　そんなにお疲れになったんですの？」

「――聞かないで」

　ウィラが心配そうに声をかけてきたが、色々衝撃だったので答える気持ちにならなかった。王女たちはとても美しいのに、鋭い棘がある。

　リリスの「花婿探しの舞踏会」は、どうやら波乱から幕を開けたようだ。

　――やっぱりここに長居してはいけないわ。

　あの王女みんながみんな、フリード様を狙っているんですもの。

　リリスだけ参加が遅れてしまったせいで王宮内に部屋を賜ったことや、女官の人数にいたるまで些細《ささい》なこと全てが嫉妬の対象となるらしい。

　もともとリリスはほぼ一人で何でもできるため、侍女をウィラ一人しか連れてこなかったし、ウィラが熱を出したことでヴァイシュタット側が気を利かせて女官を多めにつけてくれただけに過ぎないのに。

フリードに会う前からこれでは、一瞬でも彼と視線が合えば毒殺ルートまっしぐらである。

一日、いいえ一刻でも早く、どこかの冴えない王子を捕まえなければ、きっとリリスの未来はないだろう。

こうなったら舞踏会で最初に話しかけてきた殿方が、運よく第三王子か第四王子だったら、その場で結婚を申し込んでみよう。

私の持参金をちらつかせれば、きっと靡《なび》くはずよ。王子が難しければ、ヴァイシュタットの貧乏貴族でもいいかもしれない。

「いよいよ今夜が第一回目の舞踏会ですわね。なんでも二日に一度のペースで舞踏会を開くとか」

——そう。舞踏会は一回だけじゃない。滞在期間中、何回も開催される。フリードの気合の入れようが分かる。きっと彼は心からお妃さまを望んでいるのね。

そう思うとリリスの気分はどんよりした。

この舞踏会の開催期間中に彼がどこかの王女と婚約するのだと分かってはいても、胸の奥に感じる寂しさはどうすることもできない。

——ううん。フリードのことを考えるより、自分のことを考えなくちゃ。

「王女様、少し早いですがそろそろお支度しましょうか？」

リリスは迷ったが、また遅れて行って嫌味を言われるのはごめんだ。今回は早めに行って、会場に入ってくる他国の王子様たちを一人ひとり物色しよう。

「ええ、そうね。お願いできる？」

一応は可愛く見えたほうがいいだろう。

リリスは持ってきたドレスの中でもお菓子のような甘い雰囲気の可愛らしいドレスを着ることにした。ローズブロンド色の髪に合わせた淡い薔薇色のサテンのドレスにオーガンジーのオーバースカートを合わせたもので、気に入っている。

四角い襟ぐりのボディスは、いつもより胸が開いており、リリスの瑞々《みずみず》しい胸の谷間を惜しみなく披露している。

「王女様、いつものレースのショールはどうされますか？」

「今夜はいらないわ。だってエサを見せつけて獲物を釣り上げないといけないでしょ」

リリスはウィラとコソコソ話をした。

いつもは胸の開いているドレスの時には、必ずレースのショールを羽織るのだが、今夜のリリスには重大なミッションがある。

格好の餌食となる王子に求婚するため、なるべく胸が強調されるようにしなければならない。殿方は淑女の胸元を見ると、頭が働かなくなると以前本で読んだことがあるからだ。

――私の読書も役に立つことだってあるんだから。

髪も女官にふんわり結い上げてもらい、くるくるとコテで巻いて、流れる滝のように垂らし、ピンクの細めのリボンを螺旋《らせん》のように芸術的に絡めてもらう。

しかもリリス付きの大勢の女官たち総出で、かいがいしく体のあちこちにクリームを塗ってくれ、爪にも桜貝のような色をつけてくれた。

「まぁっ、王女様、素敵ですわ。なんてお綺麗なんでしょう」

「まるで愛らしい一輪の薔薇ですわ」

女官たちに誉《ほ》めそやされて悪い気はしない。

いつもは自国の舞踏会の時に地味なドレスしか着ない自分も本気を出せば、今日のお茶会にいた王女たちのように華やかになれるのだ。

全ての支度ができると、女官らが「今夜の舞踏会では、ぜひ我が陛下のお目に留まりますように……」と、リリスにお辞儀をして下がっていった。

――逆にそんなことが万が一でもあってはならない。

前世では、乾杯のシャンパンに毒が含まれていたから、飲み物には特に気を付けなくちゃ。絶対に会場では飲み物や食べ物に手を付けないようにしなければ。

注意することをひとつひとつ頭に思い描いていると、ウィラが声をかけてきた。

「女官様たちのお陰で早くお支度が出来ましたね。あ、そうですわ。リリス様宛に贈り物が届いていたんですのよ」

「贈り物？」

「ええ、フリード陛下が王女様たちに来国記念の贈り物をそれぞれお部屋に準備していると聞いたので、フリード陛下からの贈り物かもしれませんわね。薔薇の香水ですわ」

ウィラがその香水瓶をリリスに差し出した。

繊細なガラス細工の香水瓶に、薔薇色のとろりとした液体が揺れている。

「直接お肌に付けるタイプみたいですね。そういえば、ヴァイシュタットは香水の調合の技術も優れていますよね」

「まぁ、瓶も色も綺麗ね。せっかくだからつけていこうかしら」

甘い香りも殿方を落とすには、効力があるだろう。

リリスが香水瓶の蓋を開けた瞬間、期待通りの甘い匂いがふわりと立ち上った。

蠱惑的《こわくてき》な香りで、殿方を誘うのには好都合だ。

瓶の蓋から数滴を手に取ると、両手首や耳朶《じだ》に首筋、くるぶしにまで満遍なく塗り込んだ。

――ちょっと塗りすぎたかしら？

いいえ、甘い匂いをプンプンさせないと、虫も寄ってこないもの。

リリスはさらに香水を掌に垂らして手首から腕に塗り上げた。

「あら？　リリス様、香水瓶の裏に何かが書かれております。えーと、呪文を唱えるとより効果的、ですって。ロマンチックですね」

「どれどれ、見せてくれる？」

リリスは香水瓶の裏に紙が貼ってあり、小さい字で何やら書かれている文字を読み上げる。

「ううんと、我が主《あるじ》にこの香水を付けた者の身体を捧ぐ、クルー・シ・メオン……？」

その瞬間、身体中の体温がまるでぼわっと発火したように熱くなる。

「きゃぁっ」

リリスは驚いてその香水瓶を滑り落としてしまう。

中に入っていた液体が全部床に零れてしまった。

「リリス様っ、大丈夫ですか？　どうかなさいました？」

「ううん、一瞬、身体がなんだか熱くなった気がしたの」

「まぁ、お肌に合わなかったのでしょうか……」

「でも、赤くなっていないし大丈夫そう。きっと気のせいね。でもせっかくの香水が零れて無くなってしまったわ」

「瓶は割れていませんから、洗って違う薔薇の香水を入れておきますね」

「ありがとう。そうしておいてね。じゃあ、そろそろ会場に行ってくるわ」

「姫様、ご武運をお祈りいたしますわ」

「まかせておいて。冴えない王子の一人や二人、きっと釣り上げて見せるから」

リリスはウィラにウィンクすると、廊下で控えていた女官に案内されて舞踏会場へと勇んで向かった。


……・＊・…………・＊・…………・＊・……


いよいよ花嫁選び……もとい、リリスの花婿探しの舞踏会の幕開けとなった。

目が眩《くら》むほど美しく、華やかで贅《ぜい》を尽くしていることで知られるヴァイシュタットの舞踏会場は、「神々の間」と呼ばれている。

もちろん、その神々の中にはヴァイシュタットの皇帝も含まれるらしい。

三階まであろうかという吹きぬけの高いアーチ型の天井には、神話に出て来る神々が宴を催している天井画が描かれている。

天井からは総クリスタルのゴージャスなシャンデリアがいくつも垂れ下がり、舞踏会場の隅々まで明々と照らしていた。

驚くのは、床一面がピカピカに磨き上げられた希少な大理石造りで、全ての壁には黄金の女神の美しい裸身のレリーフが嵌めこまれている。まさに美麗荘厳だ。

なんとこの舞踏会場は数百年前に設計されたらしく、ヴァイシュタットの常世の栄華を惜しみなく見せつけていた。

「なんて美しいの」

――ロゼリアでは、せいぜいお父様の椅子のひじ掛けに金箔《きんぱく》が貼ってあるだけだものね。しかもよく見ると所々剝《は》がれている。

リリスは黄金の壁づたいに歩き、女神のレリーフを一つ一つコンコンと叩いてみた。硬い金属音が跳ね返ってくる。

木の上に金箔が張ってあるのではなく、それがまがい物でない黄金の彫刻だということが分かった。

しかも大広間のあちこちに置かれた花瓶には、偶然かもしれないが、リリスの髪の色と同じ淡いローズゴールドの薔薇の花が活けられている。

「うーん、いい香り」

リリスは薔薇の花に顔を近付けて、その芳香を思い切り吸い込んだ。

さすがヴァイシュタットの舞踏会である。

リリスがこれまで参加したどの舞踏会よりも絢爛で優雅、それになんだかすごく特別に思えた。

活けられている薔薇が偶然、私の髪の色と同じだから？

まるでフリードが、自分のためにこの薔薇を選んで飾ってくれたのではないかと勘違いしてしまいそうだ。

——そうだった。

子供の頃の私は、こんなに素敵な宮殿でフリードと二人で踊ることを夢見ていたっけ。

リリスはまだ人の少ない舞踏会場で、片手をそっと上げて一人きりでくるんと舞った。

——私の皇子様……。

小さな頃に姿絵を見ながら何度思い描いたことだろう。

今こうして、憧れていたヴァイシュタットの王宮に来られたことにきゅんと心が震えて、涙が溢《あふ》れてしまいそうになる。

センチメンタルな気持ちになるのは、長年恋慕っていたフリードの国に来たせいかもしれない。

リリスは輝く舞踏会場を見まわし、とくとくと高鳴る胸に両手を重ねた。

フリードと二人でこの舞踏会場でダンスをする——、リリスは叶うことのない幻想を思い描く。

その光景を思い描いただけで、喜びがリリスの胸に拡がり溢れて、まるで天にまで昇ってしまいそうな気持ちになる。

――フリード様……。

フリードのいない舞踏会場で、こんなにも胸を満たす興奮とときめきが、リリスを包み込むとは思ってもいなかった。

でも今日のリリスは、どこかの冴えない王子を射止めないといけない。

興奮したせいなのか、妙に身体が火照って熱くなってきた気がする。

美しい舞踏会場にあてられてしまったのかしら？

楽団が二階の専用バルコニーで演奏を始めると、ますますリリスの動悸《どうき》が激しくなった。

美しい旋律までもがなぜか敏感なほど頭の中に響き渡って、くらくらする。

――ひ、貧血かしら。

風邪は治ったけれど、まだ調子が良くなかったのかな……。

それとも久しぶりにきつく締めたコルセットのせい？

貧血を起こして倒れないように、外の空気を吸って休んでいようと庭園に続くバルコニーに向かってよろよろ歩きだした。すると、ふいに誰かに声を掛けられ呼び止められた。

「リリス王女様……？　いかがなされましたか？」

「ジュート卿……」

振り向いた先にいたのは、フリードの右腕のジュート卿だった。

フリードよりもやや背が低いが、公爵家という高位貴族として凛《りん》とした姿だった。

シャンデリアに艶めく黒髪に、リリスを心配げに見つめる深く真っ青な瞳。

そういえば彼は、ヴァイシュタットの社交界で「青薔薇の君」と呼ばれていると、女官らが話していたのをぼうっと思い出した。

「お加減が悪いのですか……？」

「はい、立《た》ち眩《くら》みがしてしまって外の風にあたるために庭園のベンチに行こうと思っていたんです」

「私で良ければエスコートいたしましょう」

「すみません……」

いつもならこんな風に男性と一緒に庭園に出ることなどない。

けれどどういう訳か、誰かに支えてもらわないと足元がおぼつかない。こんなことは初めてだった。

「大丈夫ですか？　もう少し先にベンチがありますから」

「ありがとう……ございます。ご迷惑をかけて、す、すみません……」

なんだか返事をするのさえ辛くなってきた。

ようやくベンチに座るとほっと肩の息を抜く。近くに薔薇の花が咲いているのか、むせ返るような甘ったるい香りが漂ってくる。

「すごい……薔薇の花の匂いが……。たくさん、咲いているのですね……」

するとジュート卿が眉を寄せた。

「この付近の庭園には薔薇の花はありませんが……」

リリスが顔をあげて周りを見ると、所々ランタンで照らされた庭園には確かに薔薇は咲いておらず、緑の茂みがあるだけだ。

――じゃあ、このむせ返るような薔薇の匂いはなに……？

リリスは、ハッとした。

あの香水だ……。

この薔薇の匂いは、リリス自身から立ち上っている。香水にアルコールが含まれていて、お酒に弱い自分は酔ってしまったのだろうか。

「ジュート卿、わたし、薔薇の匂いがします？　か、嗅いでみてください」

リリスはたっぷりと香水をつけた手首をジュート卿に差し出した。

「……いいえ、仄《ほの》かに石鹸《せっけん》のような匂いがします。薔薇の香りはしませんね」

――いったいどういうこと？

こんなにも息苦しいほどの薔薇の香りに包まれているというのに。

もしかして、自分にしか匂っていない……？

「こっちの腕も嗅いでみて……下さいませんか？」

「……？　すみません。こちらの腕も、何も香りませんが……」

——やっぱり。

なぜかあの香水は、自分限定で香る香水らしい。

本当にフリードの贈り物だったか怪しいものだ。安物の香水か期限切れの香水が紛《まぎ》れ込んでしまっていたのかも……？

「……あの、ジュート卿、私、ここでしばらく休みますので、舞踏会場に戻ってください。音楽や歓声が聞こえてきましたし、きっとフリード陛下もお出ましになったのかも」

「まさか。具合の悪いリリス様を一人おいて戻るわけにはいきません。それに今日の舞踏会は、フリード陛下は開催の挨拶のみで、誰とも踊らないようです。まずは御招待者同士で楽しんでほしいと……」

それを聞いて嬉しくなったが、ますますリリスの体調がおかしくなる。

「そうなの……れすか？」

まさにお酒に酔ってしまったように、舌がもつれて上手《うま》く回らない。

「医者に診てもらいましょうか？」

「だめ……、ジュ——……と、きょ……んっ」

上手く座っていられなくて、ジュート卿にもたれかかってしまう。身体中の肌がぞわぞわして擽《くすぐ》ったい。なんだか身体の奥が無性に疼《うず》いて、苦しい。ふらふらして身体をジュート卿に摺《す》り寄せた。息も荒くなってきている。

「り、リリス王女……っ」

ジュート卿が引き攣った声を漏らした。

――いったい私はどうしてしまったの……？

顔をあげると、目の前のジュート卿の顔がまるで時計の振り子のようにゆらゆらと揺らめいて、ときどきフリードにも見えてくる。

「ふふ、フリード様……何をそんなに横に揺れているの……？」

リリスが笑うとジュート卿が目を丸くする。

「揺れているのは王女様ですよ。しかも僕はフリード様ではありません。しばしお待ちを、陛下を呼んで……」

「あんっ、フリード様、いっちゃいやっ」

リリスは立ち上がろうとしたジュート卿のジュストコールを掴んだ。フリードがここにいないことは分かっているのに、なぜかジュート卿がフリードに見えてしまうという摩訶《まか》不思議な現象に可笑しさが込み上げた。

「……なんだか、身体が熱いの……」

肌という肌はぞわぞわするし、火に焙《あぶ》られているようにちりちりする。肺の中にある空気が無性に熱くてなんとか吐きだす。すると、吐き出した息がさらに熱く、喉をひりひり灼《や》いて辛い。

誰かにキスしてもらい、この疼きを宥めて欲しいような感覚に見舞われる。キスだってしたこともないのに、どうしてそう思うんだろう。

生温かくそよぐ風にさえ、肌が敏感に感じてしまう。あまつさえ胸の先から、じくじくした疼きが生まれてきた。

なぜかそこを赤ちゃんのごとく殿方に吸ってほしいという淫らな思いに苛《さいな》まされる。フリードにならば吸われてもいいとさえ、思ってしまうほどに。

「は……、はぁ……んっ……。胸の先が……疼いて……。お願い、なんとかして……」

リリスが胸を突き出し、虚《うつ》ろな目で身体をくねらせる姿を見て、ジュート卿が真っ青になって引き攣《つ》った。

「お、王女殿下……っ」

ジュート卿は、突然、熱に浮かされたように善《よ》がりだしたリリスに平静を失うものの、こんな状態の彼女を一人にしてフリードを呼ぶこともできずに舞踏会場の建物とリリスを交互に見ておろおろしている。

「へ、陛下を呼ばなくては……うわっ」

やはり呼んで来ようと決め、立ち上がりかけた時、引き留めようとしたリリスの足がもつれて、二人とも地面に倒れ込んだ。すんでのところで、リリスはジュート卿の身体の上に抱きとめられた。

「──そこで何をしている?」

ジュート卿の首元に鋭い剣の切っ先が付きつけられる。

誰がどう見ても、庭先で男女が淫らな戯れをしようとしている所だ。

ジュート卿がごくりと唾を呑《の》み込《こ》む。

「──へ、陛……っ、ご、誤解で──」

「ほう、この状況で、そんな言い訳が通用するとでも?」

なんとジュート卿に剣を突きつけているのは、鎧の男だった。

「あら……?　鎧の人ね?　止めないでちょうらい。フリード様といい所なんだから……」

リリスはふらふらと立ち上がろうとしたが、倒れそうになり鎧の男に抱きとめられる。

「いったい何があった?　──リリス王女、ソレはフリードじゃない。ジュート卿だ」

鎧の男にソレ扱いされたジュート卿も、向けられた剣が下げられほっとして立ち上がった。

「リリス王女はどうやら、媚薬《びやく》の類《たぐい》か何かを飲まされているようです……」

「媚薬?」

「はい、しきりに薔薇の香りがすると言って……。身体も仄かに薔薇色に染まっていますし、しかもその……私に……いえ、陛下と勘違いされて、すり寄ってこられて……」

するとリリスが口を挟んできた。

「だって胸の先がじくじくするの……。本で読んだことがあるの。男の人は赤ちゃんのように女性の胸を吸うことが好きなんですって。きっとフリード陛下もお好きじゃないかしら？」

正気であれば手打ちにされてもおかしくないことをリリスは楽しげに言った。

どこを見ているのか焦点の合わない目でクスクスと笑っている。

誰が見ても、とても正気とは思えない様子だった。

鎧の男が、リリスの腕を見て息を呑《の》んだ。

「——っ、ジュートっ、これはなんだ？」

リリスが香水をたっぷりと塗りつけた手首から、どす黒い茨《いばら》の蔦《つた》のような刺々《とげとげ》しい紋様が細い腕に巻き付くように浮かびあがっている。

「こ、これは……もしかするとリリス様には何らかの呪術がかけられているかもしれません。極秘に皇家の呪術師を呼んで調べさせましょう」

「リリス……辛くないか。今助けてやる」

リリスはますます息を荒くして、とうとう咽《むせ》び泣くような声をあげている。

鎧の男が当然とばかりに、リリスを抱き上げた。

「ジュート、余の寝室に誰にも気取《けど》られずに王家の呪術師を呼んで来い。どんな呪術が掛けられているのか一刻も早く調べなくては」

「──御意。すぐに」

鎧の男がジュート卿に頷き、リリスを抱いたまま舞踏会場とは正反対の王城の中へと急いで向かった。


……＊…………＊…………＊……


「ふむ、これはあまりいい状況とは言えませんな……」

リリスが連れていかれた高貴な寝室には、三人の男たちがなす術もなくリリスを見守っていた。呼吸さえも苦し気なリリスは、鎧の男にきついコルセットを解かれ、シュミーズ姿で寝台に横たえられている。

「リリス……大丈夫か？」

鎧の男が呻《うめ》き苦しむリリスの傍らに屈《かが》みこんだ。

「んっ……あつい、なんだか……身体が……ヘンなの。熱い……ふ、リード……さま……」

鎧の男は答える代わりに、ぎゅっと手を握った。

リリスはふくよかな胸を忙《せわ》しなく上下させ、息が深く吸えないせいで浅い呼吸を繰り返している。手首に現われた茨の蔦のような黒い紋様は、だんだんと肩の上まで広がりリリスの全身を覆いつくさんばかりに這《は》い上《あが》っていた。

鎧の男のすぐ後ろには、ヴァイシュタットの建国以来、代々皇帝のみに仕える呪術師が密かに呼び出されていた。

その呪術師の存在は、ごく一部の者にしか明かされていない。呪術や魔法の類《たぐい》は、世間一般には秘せられているからだ。

そもそも呪術師や魔女、魔術師は、千年以上も前の時代から、この大陸の一大宗教である聖教会により異端であると見なされ、摘発されて次々と捕らえられてきた。

それゆえ彼らが皇帝に仕えるということは、本来あってはならないことである。

だがこのヴァイシュタットではその昔、聖教会が皇帝を廃してこの国を支配せんがため暴走した史実がある。

教皇一派は自らが捕らえた呪術師や魔女、魔術師らに命じ、皇帝を秘密裏に呪い殺し、教皇が玉座を手に入れようと目論《もくろ》んだのだ。

だが、当時のヴァイシュタットの皇帝も黙ってはいなかった。密かに力のある呪術師や魔女、魔術師を集めて、呪術には呪術を、魔力には魔力をもって対抗した。

その史実からヴァイシュタット皇帝は、今なお秘密裏に専属の呪術師や魔術師を従えて

いる。彼らは普段、旅芸人に身をやつし、各国の王族や貴族らの館に赴き、宴の余興として
その力を披露して本来の姿を隠している。

リリスの傍らには灰色のローブのフードを目深に被り、白い顎髭をたくわえている呪術
師の老人がいた。

「リリス王女様にかけられている呪いは、おそらく『人魚の茨《いばら》』ですな」

「人魚の茨……？」

鎧の男とジュート卿が声をそろえて聞き返した。

「媚薬効果のある香水に人魚の茨の呪文が仕込まれています。愛されぬとその身体に刻ま
れた黒い呪いの紋様がまるで茨の蔦《つた》のように身体中に広がり、それが全身を覆い尽くすと
死んでしまうという呪術です」

「いったい誰がそんなことを……？」

ジュート卿が蒼白《そうはく》になる。

「はっきりとは分かりかねますが……この呪術からは、強い執念や妬みや嫉妬、そして傲
慢さ、貪欲さが感じられますな」

「どうにかして助ける方法はないのか……っ」

鎧の男が呪術師に向かって声を荒げた。

「一つだけ方法がございます。リリス様の身体の疼きを鎮めるには、彼女の内側から呪術

より強い神力《じんりょく》を持って中和しなければなりません」

「一刻も早くそれをやってくれ。リリスが可哀《かわい》そうだ……」

鎧の男が身悶《みもだ》えて苦し気なリリスの額に浮かぶ汗を手で拭き取った。

「いま、楽にしてやるぞ」

「いいえ、まさか私ごときにはそのような神力はございません。唯一この方法を試せるのは、ヴァイシュタット皇帝フリード陛下お一人です」

「フリード陛下のみ？　それは確かなのですか？」

いつも温厚で知られるジュート卿も珍しく強い口調で呪術師に問う。

「はい。ヴァイシュタット皇帝には、この国の始祖である神の祝福が与えられ、生まれながらに神力がその身体に備わっていることはご存じでいらっしゃいますね？　聖教会が崇《あが》め奉《たてまつ》る雑魚の神など足元にも及ばない、世界の創造主の神力でございます」

「——聞いたことはあるが、実際に使ったことはない」

鎧の男が答えた。

「その神力は、特に呪術に対して癒《いや》しの力を発揮いたします。皇帝の精には強い神力が含まれています。次の満月まで毎晩、皇帝フリード陛下がリリス様をお抱きになり、その呪いの熱を鎮め、リリス様の胎内に陛下の精を注ぎこめば、生きながらえるかもしれませぬ」

のか？」

「皇帝の精をリリスに……？　だが、そうしてもリリスが死なずにすむという保証はないのか？」

鎧の男が声音を変えた。

「はい、フリード陛下の御身《おんみ》に宿る神力がどれほどのものかまだ未知でありますゆえ。――精を注ぎ込んだ後に、リリス様の身体に現われたこの黒い茨の紋様が消えていれば、見込みがございます。ただし、一度消えてもまた夜になると呪いの紋様が現われ苦しみだすでしょう。それゆえ毎晩精を注ぎ、その紋様が広がらぬようにかき消すのです。次の満月まで続けて紋様を消すことができますれば、リリス様も助かることかと」

すると鎧の男が暖炉を背に、呪術師とジュート卿に向き直った。

「ならばすぐに試すまで。夜明けまで誰も余の部屋に近付いてはならぬ」

鎧の男が銀色の兜を外し、床に放り投げた。ごろごろと兜が転がっていく。

現われたのは、暖炉の光に眩《まばゆ》く煌めく黄金の髪、黄金の瞳。神々しいまでの金のオーラを纏った一目で高貴とわかる男だった。

「――御意。我が主、フリード陛下」

呪術師とジュート卿が同時に頭《こうべ》を垂れ、目の前の皇帝フリードに跪《ひざまず》いた。

「私が占ったとおり、今宵、王女様の運命の輪が大きく動き出すことでしょう……」

呪術師は、誰にも聞こえぬほどの小さき声で、リリスに向かって呟いた。

第四章　解呪

「んっ……、ふっ……ぅ、あ……」

自分の身体から立ち上るむせるような薔薇の香りにリリスは喘《あえ》いだ。

舞踏会場から庭園に下りてどれぐらいの時間がたったのだろう。

甘くねっとりした薔薇の香りが強くなり、頭がぼうっとしてくらくらする……。

リリスはいま自分がどこにいて、どんな状態になっているのか全く分からなかった。それでも男らしい匂いのするふかふかの寝台に寝かせられていることが感じられた。

誰かが自分の部屋に連れてきてくれたのかな……。

そういえば、ジュート卿が庭園で介抱してくれた気がするけれど、彼はどこにいったのだろう……。

いいえ、ジュート卿じゃない。ジュート卿かと思っていたが、彼の顔が振り子のように揺れだし、フリードの顔に変わったのだ……。

「……りーど、様……？」

するとリリスは額《ひたい》に大きな手の温《ぬく》もりを感じた。どこか安心できるような力強さがある。

でも、その温もりをもっともっと身体中のあちこちで味わいたくなった。

身体中が疼いて堪《たま》らないのだ。

初めはお酒に酔ったようにふわふわして、なんだか楽しい気分になった。けれど今のリリスの身体は、得体のしれない熱で灼《や》かれてしまのではないのかと思うほど、じくじくした。身体の奥で、火種が燻《くすぶ》って爛《ただ》れてしまいそうな感じだった。

「ん……っ、ふ、はぁ……、んぁ……ぁぁんっ」

リリスはどうにかしてほしくて、すすり泣いた。狂おしいほどの熱いうねりが肌の下で渦巻き、同時に堪えがたいほどの興奮が生まれてくる。

とくに脚の付け根がやたらに火照って熱い。身体中が切なくて、むずむずする。

でもそれよりも、喉の奥がカラカラだ。

そう、まずは誰かに口づけでこの喉の渇きを潤してほしい。

それから酷くズキズキと疼く胸の先を赤ちゃんのように吸ってほしい。

リリスは呻《うめ》き声《ごえ》をあげた。

——どうしちゃったの、私……？　殿方とキスもしたこともないのに……。

なぜかは分からないが、リリスの本能がそれを求めていた。

だがリリスを助けてくれる人は誰もいない……。天寿を全うするためには、大好きなフリードを求めてはいけないのだ。

「ひ……っく、ふ……、っぅん……、ひぃ……んっ」

誰にも愛されることのない人生も悲しい。

リリスは夢でもいいから想《おも》い人であるフリードにキスしてほしかった。フリードのキスがもたらす情熱や興奮、それをただの一度だけでもいいから感じてみたかった。

このまま年を重ねて王宮の隅で一人で生きていく。この先リリスに待ち受けているのはそんな味気のない未来だ。

――ああ、夢でもいい。

恋しい人からもたらされる、蕩《とろ》けるような快感と興奮を自分の中に感じてみたかった。

「は……、ふ、り……ど、さま……」

リリスは自分で胸に触れた。じくじくという疼きがいくらかマシになるかもしれない。

「リリス、ここにいる。自分でしても楽にはならないだろう。今、鎧を脱ぐから待ってくれ」

ガシャガシャと金属が鳴る音がする。歪《ゆが》む視界の先には、暖炉に照らされ長身の男のすらりとした肉体がぼんやりと見えた。

暖炉の炎の加減なのか、彼の身体が眩《まばゆ》い金色の光に照らし出されている。

身に着けていた鎧をひとつひとつ外しては、床に放り投げているようだ。

鎧……？　鎧の人なの……？

「いい子だ、リリス……」

ぎしりと寝台の軋《きし》む音を立て、リリスに圧《の》し掛かってきた。その男がリリスの瞳を覗き込む。

——燃ゆるような金色の、瞳……。

「ふ、りーど、様……？」

ああ違う。これは夢なんだ。

だってフリードは、舞踏会にいるはずだもの。美しいルヴィーナ王女と軽やかにダンスを踊っているはずだ。

リリスがあまりにも切望したから、神様が夢を見せてくれたのね……。

夢ならば、どんなに大胆になっても構わないだろう。

「ふ、リード様、き、キスしてほしいの。そして胸の先も吸ってほしいの……、それに、なんだが脚の付け根がむずむずするの……」

自分でもよく分かっていないことをうわ言のように呟きながら、リリスは夢の中のフリードにぎゅうとしがみ付いた。

リリスの柔らかな肢体が、密着した鋼のように硬く逞しい身体に吸いついた。

——ああ、気持ちいい……。

リリスは夢が叶った気がした。こうしてフリードにこの身体を擦りつけてみたかったのだ。

無駄なく引き締まり、筋肉の盛り上がった硬い胸に、柔らかな乳房を擦りつける感触をリリスは楽しんだ。するとひとりでに胸の先がつんと尖《とが》りを帯びる。

フリードのなめした革のような肌に胸の蕾《つぼみ》がコリっと擦れて、甘い漣《さざなみ》を連れてくる。

「……はぁ、んっ……」

思わず熱い吐息が漏れた。

今まで味わったことのない感覚に、リリスはふるっと身悶えする。

夢とは思えないほど、男らしいフリードの身体が、生身のようにリリスの小柄な肢体を包み込む。

「可愛い小鳥……」

リリスは力強い腕の中に抱きとめられた。

硬いけれど彼の肌は滑らかで極上の感触がする。リリスは心までも包み込まれるような感じがした。

「ふ、いい子だ、リリスのしてほしいこと全部、いいや、もっとしてあげるよ」

耳に囁かれたフリードの艶めいた声に、肌がぞくぞくと粟立《あわだ》つ。

夢の中のフリードの唇が、リリスの耳朶を柔らかく食《は》み、それから乳白色の首筋へと滑《すべ》り下りた。ただそれだけで全身の感覚が敏感になる。

リリスは白い喉を反らせて熱い吐息を漏らした。

「まずはキスしてほしいのだったな?」

リリスはこくこくと頷いた。

――そう、夢の中のフリードに、キスしてもらって、赤ちゃんのように胸の先っぽを吸ってもらって、そしてそして……。

してほしいことが沢山ありすぎて、なんだか頭の中がぐるぐるする。

どこをどうしてもらえばいいのか自分でもよく分からない。

ええと……、そう、愛撫《あいぶ》、愛撫だ。

リリスはぼうっとする頭の隅でその言葉を思いついた。

恋物語の本で読んだことがある。好きな人に愛撫をしてもらうと、このじくじくする感じがなくなるらしい。

ただ、愛撫がどんなものかははっきりと分からないが、男性が女性を宥める時にするものだとか。それをされるとすごく気持ちが悦《い》いという。

今のリリスは、まるで南国にいて、蒸し暑くじめじめした小屋の中に閉じ込められている気分だった。

――熱い、苦しい……。

夢の中のフリードの素敵な愛撫で気持ちよくしてもらったら、この蒸すような肌の熱さから抜け出せるかも……。

一度限りの夢かもしれない。それならば、覚めないうちにして欲しいことを全部伝えておかなくちゃ……。

「あの、あい……ぶ、をしてほしいんです。たくさん。身体中が疼いてヘンになりそう……」

リリスはぼんやりと目の前に浮かぶフリードらしき夢の男に言った。するとフリードの周りの空気が緩み、彼が笑みを深くした。

「わたし、おかしいかしら……？」

「いいや、おかしくなるのは多分、僕の方だろう」

クスリと声を漏らし、夢のフリードの大きな手がリリスの頬を包み込んだ。それさえも気持ちが良くて、リリスはその手にすりすりと頬ずりする。

──ああ、幸せ。夢の中のフリードになら、なんでもしたいことができる。

すると夢のフリードが一瞬、息を止め、なんだこの愛らしい小動物は……と独り言ちている。

「──っ、限界を試されてるのは、こちらのほうか……」

ふいにリリスの顔が翳った。唇にこれまで感じたことのない柔らかな感触が触れる。

「うんぅ……んっ……」

——キスしてる……。

夢の中のフリードの唇が、熱い吐息を連れてきながらリリスの唇に重ねられた。

ちゅ、ちゅ……とリップ音を立て、甘く優しくリリスの唇をしゃぶり、口の中に舌をぬるりと這《は》わせてきた。

蕩けてしまいそう……。

口内で肉厚なものがゆったりとリリスを宥めるように這いまわる。唾液をたっぷりとのせた舌で、リリスの口の中をクチュクチュと掻《か》きまぜた。

どこか蠱惑的な香りが鼻腔《びこう》を満たし、リリスは思わず陶然として甘い声をあげた。

「唇も、その可愛い舌も何もかも柔らかいな」

フリードの大きな舌が、リリスの喉奥に挿し込まれる。

あれほどカラカラに渇いていた喉に、たっぷりと潤いを送り込まれ、リリスはオアシスの水を欲するが如く、こくこくと呑み込んだ。

フリードの唾液は、砂漠を潤す清廉な泉の水のようだ。

「ん……、ふりーど、さま……、もっと……」

「なんなりと、お姫様、次は胸をしゃぶってほしいんだったね」

その言葉にリリスはどきんとした。

キスだけでもこんなにも気持ちがいいのに、胸の先っぽを吸われたらどんな気持ちがするのだろう。

「リリスの可愛い身体を見せてもらうよ」

「は……い……」

夢のフリードにならば、見られても構わない。

しゅるりと音を立てて胸元のリボンを解かれるがまま、リリスは腰を浮かせてシュミーズを脱いだ。

なんだか全身がすうすうする。もしかして、一緒に下穿《したば》きも脱がされてしまったの？

赤ちゃんのように胸の先っぽを吸ってほしいのに、リリスの方が赤ん坊のように、全身をはだけられてしまった。

夢のフリードの金色の瞳が大きく見開かれ、その彩光が貪欲な色を帯びた。

「――感に堪えない……。綺麗だよ。リリスは下生えも淡いローズゴールドなのだな。その下に佇《たたず》む花びらを早く掻き分けたくて堪らない……っ、はぁ……」

夢のフリードが興奮気味によく分からないことを言っている。

リリスは眉をひそめた。

「だめ……っ、先に胸の先っぽを赤ちゃんのように吸ってくれなくちゃイヤです。そうお願いしたでしょ？」

まるで夢の中のフリードは、待てができずにおやつを強請る金色の獣のようだ。

リリスは夢のフリードを窘《たしな》めた。

「もちろん、言うまでもなく」

横たわっているのに、重力に屈していないリリスの形よく盛り上がっている乳房を男の手が包んだ。下乳を掬《すく》い上げ、大きな手でふるふると揺らす。

恥ずかしいけれど、もっとされたいと思ってしまう。

「——なんと可愛らしい……。リリス、気持ちいいか？」

「ぁあんっ、気持ちい……いです……」

「そんなに感じていたら、胸の先を吸ったが最後、昇天してしまうぞ。だがその方が呪いが早く解けやすいかもしれぬな」

——呪い？

夢の中のフリードはヘンなことを言う。

ここは夢だし、幸いリリスは毒の入った飲み物も飲んでいない。だから、呪われてなんかいないはず。

「はやく……吸ってください」

「せっかちなお姫さまだ」

フリードはゆるく微笑み、はしたなく勃起していた薔薇色の乳頭に指先で触れた。こりっと弾かれて、全身にびりびりびりした痺《しび》れが走り抜ける。

「あ……、ひぁんっ……」

なに……これ？

あまりの気持ち良さに、淫らな声をあげてしまう。

「こんなに硬くして……。堪らない。ずっと長い間、夢に見ていたんだよ、リリス……」

夢を見ているのはリリスの方なのに、夢の中のフリードもまた、夢を見ているというおかしな状況にリリスはクスクスと笑った。

夢だからなんでもありなのね。

フリードは恍惚《こうこつ》としながら、双乳の狭間《はざま》に顔を埋めて、リリスがフリードの大きな手にそうしたように頬ずりする。

「まるで天国だ……。ああ、ミルクを溶かしたような肌に、苺《いちご》の汁をほんのり垂らしたような色の乳輪……。触れただけで蕩けそうな滑らかな感触……。これを今から口に含めるとは……、ああ、なんという至福だ。神よ……」

夢のフリードが、感に堪えないといった声で呟き、ごくりとつばを飲み込んだ。

ひとしきりリリスの形の良い胸に顔を埋め、ふにゃりと揉《も》みしだきながら、マシュマロのような感触を愛《め》でている。

なんだかくすぐったい。

リリスも胸の上にあるフリードの黄金の髪の毛に両手を差し入れて、すりすりと左右に揺れるフリードの頭をよしよしと撫でる。

さらさらの絹糸のような感触が、まるで夢ではないようにリアルに手に伝わってくる。

でも、こうしてフリードに愛でられていると、苦しかった身体の疼きや火照りが薄れて違う甘さが生まれてくる。

「リリスの呪いを説く前に、理性が保てればいいが」

夢のフリードが半身を起こした。

リリスの乳房を掬《すく》い上げて、ぷっくりと膨れた乳輪ごと、勃起した蕾を温かな口内に含み入れた。

ちうぅぅ――。

「ひぁやぁぁぁっ――……」

勢いよく吸われて、リリスは喉を後ろにしならせた。

目の前にチカチカと星が飛ぶ。

誰にも触れられたことのない蕾は刺激に弱く、リリスは思わず腰を跳ね上げた。

「ああ、美味《うま》い。極上だ。乳輪はマシュマロみたいに柔らかい。乳首はベリーのようにコリコリして……」

「ひ、ひぁ、舌で……コリコリしちゃ、やぁ……っ」

「これが、リリスの欲しがった愛撫の一つだよ。身体の力を抜いて、ほら、気持ち良さに任せてごらん」

「そんなこと……うまくでき……ひぁぁんっ」

なんと夢のフリードは、もう片方の乳房もぎゅっとわし摑《づか》み、口の中に含み入れた。

敏感な乳頭が、たっぷりした唾液の温かさに包まれる。

知ることのなかった甘美な感覚がリリスの全身をうねり、指先や爪先にも流れ込んでいく。

「ふぁ……、ひぁ……ん」

下肢の付け根の芯のようなものが、強烈に疼いた。じんじんして甘く苦しい。まるで胸の先とそこが繫がっているようで、リリスは腰をのたうたせた。

「敏感で素直で、リリスは可愛いな。もっと感じてごらん」

フリードが執拗《しつよう》に、二つの胸の先っぽを交互にちゅぱちゅぱと吸っている。

誰もがその尊顔にひれ伏すという、神のように端正な美貌のフリード。

彼が長く黄金に輝く睫毛《まつげ》を伏せて、まるで赤子のように美味しそうに、リリスの胸の先を吸い上げている。

リリスは気持ち悦《よ》さでいっぱいになって、身体を震わせながら感涙に咽び泣いた。

「ふぁ……んっ、……あんぅ……」

片方を美味しそうに吸っている時は、もう片方の乳首を指先できゅっきゅと扱《しご》かれる。

絶妙な舌と指使いに、全身の毛が総毛だつようなぞわぞわした感覚を連れてくる。

「ああ、リリス……僕もガチガチに勃起してしまった……。触れてごらん」

フリードがリリスの手を持ち上げた。

なぜかその手に禍々《まがまが》しい茨《いばら》の蔦のような黒い紋様がいつのまにか描かれている。

——これは何だろう？　やけにそこが酷く熱く、火ぶくれしたようにじくじくと痛む。

「可哀そうに……。今宵はこの紋様を必ず消してあげるからね」

フリードはリリスの手を自分の身体の下の方にある、長くいきり立ったものに触れさせた。

布の中で硬く漲《みなぎ》りそり返っている……なんだか長い棒のようなものだ。

「これを握っていてごらん」

「——？　はい……」

これは……お守りの十字架？　にしては、温もりがある。

リリスがその棒のようなものを布の上から上下になぞってみた。

「ふ、その初心《うぶ》な手つき堪らなく愛《いと》おしい……」

夢のフリードは、何だか分からないそれを握らせたまま、リリスの胸をむしゃぶった。

時折、リリスが感じる声をあげるたびに、手の中のそれが生き物のようにどくりと脈動する。

太い幹のような竿《さお》から先端の方に手を動かすと、丸くいびつに張り出たふくらみがあった。

——ん、こっちのほうが矢じりのような括《くび》れに引っかかって握りやすい。でもすごく重たい……。硬いのに弾力もあって……いったい何だろう？

「——う……。悪い子だな、このままだと出てしまう」

夢のフリードが、その太長いものからリリスの手をゆっくり解いた。

「ますはリリスをたっぷり愛でてからだよ」

リリスの乳房のありとあらゆる場所に舌を這わせ、蕾をたっぷりと舌で嬲《なぶ》って堪能した後、お臍《へそ》の下の方に唇を下ろした。

「甘い……香りだ……」

「いやっ……そこは、恥ずかしいの。……み、見ないで……」

いくら夢のフリードでも、不浄の場所を見られるのは憚《はばか》られる。

「恥ずかしいなら、リリスが目を閉じなさい」

フリードは構うことなく、淡いローズゴールドの薄い繁《しげ》みに口づけた。

「ひぁっ、ダメです……っ、そんなところ汚っ……あんっ」

ちゅ、ちゅ……と丁寧に、唇でささやかな淡い繁みを啄《ついば》んでいく。

「ここはまるで小川のせせらぎに揺蕩《たゆた》う水草のように柔らかだ……」

フリードがリリスのごく薄い下生えに、キスを繰り返し鼻先を擦りつける。

くすぐったくて気持ちが悦《よ》くて、脚の付け根からとろんとした液体がこぷりと流れ出た。

「あん……っ、だめ……。奥……なにかがでちゃう……」

なぜか、ぬるま湯のような液体が秘所から溢《あふ》れ出て、シーツをしどとに濡《ぬ》らしてしまう。

――どうしよう、私、粗相《そそう》をしてしまっている。

尿意はないのにいったいどうしてこんなに溢れてくるの……？

いくら夢のフリードでも、これでは軽蔑されてしまう。

リリスは太腿《ふともも》をぎゅっと擦り合わせた。もうこれ以上、よく分からない液体を垂らさないように。

「……どうか、お許しください……。私、粗相をしてしまったみたいで……」

リリスは泣きそうになりながら、夢のフリードに正直に話した。

「どれどれ？」

「え……、きゃ、ひぁんっ」

なんとフリードがリリスの太腿をいとも簡単に左右に押し開いた。

リリスの秘められた場所が、すっかりフリードの眼前に晒《さら》け出されてしまう。

「すごい、リリス……ずぶ濡れだよ」

そこはリリスが思っていた以上に、悲惨な状態で濡れそぼっていたらしい。

フリードに指摘されて、リリスは涙で濡れた睫毛を震わせぐすりと鼻を啜った。

――恥ずかしい。夢とはいえフリードの前でお漏らしをしてしまった。もう消えてしまいたい……。

「リリス、これは粗相じゃないよ。気持ちいいとリリスのここから甘い蜜が溢れるんだ」

リリスを見つめる黄金の瞳が、悪戯《いたずら》っこのように揺らめく。長い指で滴る蜜の雫《しずく》を掬い上げ、リリスの見ている前で、その指を舌でねろりと舐《な》めた。

「――ん、甘い。リリスの花園をもっと見せてごらん」

「ひぃっ……」

くちり、と音がしてリリスの花弁が左右に開かれる。自分でさえ目にしたことのない秘められた中を曝《あば》かれて、リリスは息を呑んだ。

「なんと……。これは見事だ。どこもかしこも淡い薔薇色《ローズゴールド》……。蜜で濡れて花びらが煌めいている……」

「いやぁっ……。みないでぇ……」

「リリスの泉の入口が嬉しそうにヒクヒクしているよ。どれ、あやしてやろう」

フリードが無遠慮に指をぬかるんだ蜜壺へと挿し入れてきた。くちゅくちゅと音を立てて蜜壺の浅瀬を掻きまぜ始める。

「ああ……きゅっとすぼんで吸いついて、なんとも可愛らしい……」

「はぁっ、や、ゆび……入ちゃ……、んっ、はぁ……んっ」

「これはすごい。どんどん甘そうな蜜が溢れてくるぞ」

蜜口がきゅんっとフリードの指に吸い付いた途端、リリスはまるで身体が硬直したようになり軽く極めた。

——なに？　いまの？

つま先がぴーんと伸びて、頭が一瞬、真っ白になった。

すごく気持ちが良くて、まるで天国への階《きざはし》を上っているみたい。

「ふ、きもち、い……っ」

なおも浅く蜜壺を掻き混ぜられ、リリスは薄く閉じた瞼《まぶた》を震わせた。

「ん？　浅い所だけでイってしまったのか？　堪《こら》え性《しよう》がないな、リリスは」

嬉しそうに夢のフリードが金の眦《まなじり》を下げる。

リリスは自分から立ち上る薔薇の香りがいっそう強くなった気がした。浅瀬の奥が切なく疼く。あの薔薇の香りのせいなのか、リリスはもっと奥に欲しくて強請るように啜《すす》り泣いた。

——あの香水のせいで、こんなに淫乱になってしまっているの……？

「フリードさま……、深い所が……、なんだかじんじんして、きゅんって疼いて……苦しくて……」

「可哀そうに。ゆっくり慣らそうと思ったが、ならばいっそ極みに果てたほうがいいな」

意味の分からないことを言われ、リリスがぼうっとする頭で必死に理解しようとしているると、とんでもないところにフリードの黄金の髪が沈む。

「え……、だめっ、なにを……ふりーど、さまぁっ」

すかさず閉じようとした太腿をグイと拡げられ、指で花びらを押し開かれた。

「いい香りだ……」

――ぬるん。

唐突にリリスの花びらにねっとりと逞しい舌が伸ばされた。瞬間、全身がぶわりと総毛立つ。

「あ……、ひ……ひぁ、や……、そ、そこは……」

熱くぬめった舌先が、ぬるぬると襞肉のあわいを行き来する。くすぐったいような、もどかしいような、えもいわれぬ気持ち良さが湧き上がってきた。

舐められたあとから、さらにじんじんと熱をもち、もっと舐めて欲しくなる。

リリスは小さく「イヤ、イヤ……」と悶《もだ》えながらも舌が這《は》いずり回る気持ちよさに、何度も極める。

「ほら、ここ、可愛い突起があるのがわかるかい？　ここがリリスの敏感な雌蕊《めしべ》だよ。ここもたっぷりあやしてあげよう」

——めしべ？

秘部の上の方にあるぷっくり膨れた軸のようなものを舌先でツンと小突いてから、フリードが熱い舌を押し当てた。

「ふぁ、そこ、やぁぁぁ——……っ」

まるで雷に打たれたようにびりびりとした強烈な快感が迸《ほとばし》った。

ぬるぬるしているのに、胸の先の蕾みたいにコリコリしている。

——こんなの知らない。女性の身体の奥に、こんなに敏感な器官が隠されていたなんて、侍女のウィラからも聞いたことがない。

どうしてフリードが知っているの？　これが夢だから？

フリードは絶妙な舌遣いで、まるく円を描くようにぺろぺろと舐めしゃぶる。

「あ……ひ、ひぁ……」

零れた糖蜜が沁みて拡がっていくように、意識が愉悦の色へと染まっていく。

なんだか身体の奥で甘い疼きが膨れあがり、堪えがたいほどに高まった。

少しも我慢ができない。まるで甘い拷問にかけられているよう。

「ふ、リリスの芯はまだまだ未熟で硬いね。それがまた可愛いのだが。ほおずきのようにたっぷり舐めしゃぶって、余の口に馴染《なじ》むように蕩かせてあげよう」

「や……、もう駄目です……、ヘンになってしまいます」

するとと夢のフリードが、ぷっと吹き出した。

「うんとヘンになってくれ。柔らかくすると皮が剝《む》けて快楽を得やすくなるよ」

フリードは花芯を口に含んで舌で何度も優しく押したり潰したりした。初めは触れられただけでじんと痛みが走ったのに、穏やかな痺れに変わり、僅かな痛みさえも心地いい。ずっと丹念にそうされていると、脚の付け根で疼く蕾が、唐突に花が開くような快楽に変わった。

これまで一度も味わったことのない、とてつもなく淫蕩《いんとう》な愉悦が押し寄せる。

花芯を舐め転がされている合間に、フリードが秘壺の奥にも指を挿し入れ、ぐちゅぐちゅと卑猥《ひわい》な音を立てて内壁をまさぐっていた。

「ん……だいぶ中も外も解《ほぐ》れてきた」

リリスはイヤイヤと悶えながらローズゴールドの髪を打ち揮《ふる》った。内側からざらりとした疼く部分を執拗に擦られ、外側からも花芽をねっとりと口で解される。

──はぁぁ……。蕩けちゃう……。

腰から下が熱く甘く、絶妙な愛撫に熔《と》けていく。

夢の中のフリードは、とても淫らで優しくて、そして意地悪だった。

「あの小さかったリリスがこんなに淫らな女の子になるなんて、嬉しいよ。待った甲斐《かい》があった」

フリードが目を細めて囁き、熱い吐息が淫玉に吹きかかる。フリードの艶めいた息にさえ、腰の奥がじゅんと痺れて媚肉がフリードの指をキュッと喰《く》い締めた。

「あ……、だめっ、なにか……きちゃうっ」

「イっておしまい」

フリードの口で、やわらかく解され赤くぷっくり膨らんだリリスの秘密の玉。

小さなほおずきのように熟れたそれをすっぽりとフリードの口内に含まれ、ちゅうっときつく吸い上げられた。

「ひぁ……ぁ、ぁんっ――……っ」

鋭い快感がリリスを貫き、ひとたまりもなく恍惚の極みへと押し上げられる。

陸《おか》にうちあげられた小魚のように、ひくひくと腰が跳ね上がった。

リリスは強烈な絶頂に、なす術《すべ》もなく身体の痙攣が収まらない。

「ああ、リリス……ぴくぴくして……、達している姿がなんと可愛らしい」

フリードが半身を起こして、リリスの脚をさらに広げた。トラウザーズの前を寛《くつろ》げると、驚くほど太く長いものが飛び出した。

神々しく端正なフリードの顔立ちとは似ても似つかぬ、異形のような男根は怖《おそ》ろし気《げ》に反り勃っている。

「さっきリリスに触れてもらっていたから、準備万端だ」

そう言われてリリスは目を丸くする。

――え？　え？　もしやさっき自分が握っていたものは……。

あれはまさか、フリードの――――？

するとビロードのような熱い塊が、濡れそぼつリリスの秘めた部分に押しあてられる。

「――んっ」

「いい子だ。舐めながら神力を流し込んでおいたから、さほど痛まないとは思うが」

神力――？

夢の中のフリードは、リリスに理解できないことを話している。

ぬちりと音を立てながら、フリードが熱く脈打つ塊をリリスの奥に沈めていく。小さな蜜口が引き裂かれんばかりに拡げられ、太長い肉棒がその奥へとみちみちと潜り込んでいく。

「ふぁ、あぁ、あ――……」

「いい子だ、力を抜いて」

そう言われても、フリードの熱杭はものすごい質量と圧迫感で、身体中がいきんでしまう。

すると極めたばかりの花芯をフリードが指であやしはじめた。こぽりと蜜が溢れ、すぐに下半身が快楽に蕩けていく。

「その調子だよ、中も熱くてとろとろで気持ちいいよ」

その時初めて、リリスはフリードも自分の身体で快楽を得ているのだと知った。今までは自分のことばかりで、いくら夢の中とは言え、フリードのことに気が回らなかったのだ。

胸の中に罪悪感が拡がっていく。

こんなに気持ち良くしてもらったのに……。

リリスはフリードが挿入しやすいよう、両脚を開いたまま膝頭を抱えてみる。

「フリード様……、もっと奥に……どうぞ」

「く……、なんと可愛いことを言う。せっかく堪えていた理性が持たない」

リリスの甘い声に吸い寄せられるように、フリードが腰を進めた。神話の神々のようなフリードの外見とはまったく異なる卑猥な雄。それがリリスの最奥にぐっぽりと嵌めこまれた。

まるでお腹《なか》の中に、太い蛇を呑み込んだみたい。

ぴりっとした痛みが走ったが、フリードの言う神力のお陰なのか、破瓜《はか》の痛みよりも彼に満たされた歓《よろこ》びに心が震えた。

「ああっ……ん」

「分かるかい、リリス。全部入ったよ」

リリスはこくこくと頷いた。あの長大な雄棒が根元まで入るなんて自分でも信じられない。でも、決して結ばれることはないと思っていたフリードと、夢でも一つになることができて、リリスの心が甘く蕩けるような悦《よろこ》びで満たされる。

「う、リリス――。そんなに締め付けてはダメだっ、理性が持たぬ……」

フリードはぶるっと震えると、雄茎で蜜襞をぬちゅぬちゅと穿《うが》ち始めた。

リリスの太腿をぐいと押し開き、卑猥な様子で腰を前後させる。

「あ……、は……ッ、リリス、リリス……」

「ひぁ……あ……、そこ、突いちゃ……」

「ここかい?」

「ひぁんっ……ッ、ンッ、あっ……ッ」

フリードが、腰をじっくりと回すように深く重く容赦なく穿ってくる。

見事なダークブロンドの髪を乱し、額に汗を滲ませる姿は艶めかしい。

その淫蕩な姿さえ、神々しい。

――が、ときおり肉の芽を転がしながら、容赦なく奥深くを突かれると、リリスの思考は霧散してただ悦びに泣きじゃくった。

「ひ――ぅ……ッ」

リリスは脳芯までも突き上げられるような快楽に見舞われた。下半身がぐずぐずに蕩け

てしまうほどの愉悦の大波が何度も襲う。

もう何も考えられなかった。あれほど全身を灼かれるような苦しさが、フリードに穿たれるたびに薄れていく。

ふと、自分の腕が目に入った。禍々しい茨の紋様が薄くなって消えかかっている。

「く――――う、リリス……ッ」

夢うつつにフリードの掠《かす》れた声が耳に響いた。亀頭を奥にめり込ませて激しく腰を突いていたのが、最奥で一瞬止まる。リリスの中に収められた楔《くさび》がどくりと戦慄《わなな》き、ひときわ膨れ上がった。

「ああっ、あぁぁっ……ッ」

「っ、リリスッ、我が精をそなたに――――……ッ」

お腹の奥に熱いものがドクドクと流れ込むのを感じ、リリスは生まれて初めて昇天するような法悦に呑み込まれた。

フリード様と結ばれた……。

これは夢なのに、リリスはさらに甘美な夢の中へと蕩け堕《お》ちていった。

・・・・＊・・・・・・・・・・・・＊・・・・・・・・・・・・＊・・・・

――やってしまった。

リリスは生まれて初めて、朝目覚めたことを後悔した。

――お、落ち着いて。落ち着いてよく考えるの。

恐ろしいほどドクンドクンと早鐘を打つ鼓動を無視して夕べの自分に頭をめぐらせた。

――たしか、花嫁選びの舞踏会で気分が悪くなって、それでジュート卿に庭園にエスコートされたはず……。

でもその先から殆ど覚えがない。

覚えているのは、夢の中のフリードと一夜を共にしただけ。

だがリリスは目覚めて初めて、それが夢でなかったらしいことに思い当たる。

私、はっ、はだか……？

驚いて上半身を起こすと、下腹部に残る違和感と鈍い痛み。お腹の奥になんだか大きな異物が挟まったあとのような感覚がある。

――何かがおかしい。

夢がまさか夢ではなかったことなんてありえる？　という信じがたい思いが頭を掠める。

極めつけに、自分のむき出しの胸を見て驚いた。

小さな虫に刺されたような赤い痣《あざ》が転々と白い肌に浮かび上がっている。その痣は、夕べ夢のフリードが口づけてくれた場所とほぼ一致している……。

夢の痕跡がありありと残り、夢が夢でなかったことを如実にリリスに伝えている。

私……生身の殿方に、じ、純潔を捧げてしまったの？

夢だと思ったのに。夢だから、フリードに抱かれてみたいと思ったのに……。

リリスは思わず頭を抱え込む。これが父親にバレようものなら、毒殺されないまでも、尼僧院ルートまっしぐらだ。

その時だった。

リリスの傍らで、寝台の反対側で白い毛布にくるまっている物体がもぞっと動いた。

男らしい筋肉のついた長いふくらはぎが、上掛けからにょきっと生えて、綺麗な造形の足が見えた。

形は端正ではあるが、筋肉がついて逞しい――。紛れもなく、男の脚だ……。

「神さま……。嘘だと言って……」

リリスは処刑台の罪人のごとく、胸で十字を切った。

尼僧院行きを断固拒否しているリリスに、当然ながら神の恩恵などあろうはずもなく。

――どうしたらいいか、考えきゃ。

まず、この物体――いいえ、この寝台にいる人は誰なんだろう？

そういえば、夕べは自分がつけていた薔薇の香水の匂いにくらくらして……、そのあと無性に身体がむずむずして苦しくて、その疼きをどうにかしてほしくてジュート卿をフリード様と勘違いしてすり寄っていなかった？

どんよりと重たい靄《もや》に包まれたような記憶をなんとか思い出して愕然《がくぜん》とする。

では、この毛布にくるまったもぞもぞ男は、ジュート卿なの⁉

――そ、そ、そんな！　私、ジュート卿を襲ってしまったの……？

いったいどうしたら……。

リリスは足元にぐしゃぐしゃに丸まっていた自分のシュミーズを見つけ、慌てて頭からかぶると胸元のリボンをぎゅっと締めた。

フリード様だと思って、ジュート卿に純潔を捧げてしまったの……？

涙が出そうになるが、今は後悔にむせび泣いている場合じゃない。

このままこの部屋から逃げ出そうかという思いが頭をよぎったが、着ていたドレスが見当たらない。しかもこの場所がお城のどこだか分からない以上、下手に動かない方がいい。

――じゅ、ジュート卿が目覚めるのを待って、お詫びをして口止めをすれば……。

すると唐突に大きな扉がコンコンとノックされ、リリスは寝台から飛び上がりそうになるほど恐れおののく。

「ひ……っ」

――こんなところを誰かに見られたらまずい！

ジュート卿も見目麗しく、しかもこのヴァイシュタット帝国では筆頭公爵家の嫡男だ。

彼に恋する令嬢もたくさんいるだろう。そんなジュート卿と一夜を過ごしてしまったことが公になれば、それはそれで毒殺ルートまっしぐらだ。

どこかに隠れなくては……っ、いっそベッドの下に？

リリスが慌てて腰を浮かせたとき、扉が静かに開いた。

「……あ、リリス様、起きていらっしゃったのですね」

にこりと控えめな優しい微笑みを向けたのは、黒髪に青い瞳の貴公子。

リリスは部屋に入ってきた貴公子を見て目を白黒させた。

「ジュート、卿……？」

なんと扉から現れたのは、ジュート卿だった。

「はい、なんなりと、リリス様」

ジュート卿は、トレイにのせたいい匂いのするスコーンと紅茶を近くのテーブルの上に置いた。しかも二人分。

「あ……我が君は、まだお休みなのですね」

「わ、我が君……？」

ジュート卿が寝台の上で丸まっている男に近付いた。その時、ガシャンッと彼の足が何かにあたる。ゴロゴロ……と勢いよく転がってきたものを見て、リリスは驚きのあまり言葉を失った。

これは、鎧だ……。

たぶんリリスの傍らに寝ているであろう男が、夕べこう言っていなかった？

――いま鎧を脱ぐから待っていてくれ……と。

リリスの頭に夕べの男の声が蘇《よみがえ》る。そうだ。夢の男は鎧を着ていて……。

「まさか、鎧の男？」

ジュート卿と一緒に国境まで自分を迎えに来て、王城の中に案内してくれた鎧の男なの？

――詰んだ。

お父様からは、どこかの国の王子を連れて来いと言われていたのに、まさか自分が一夜を共にしたのが騎士だとは……。

身分が違うということではない。

騎士は代々その国の王家に仕えるため、違う王家には絶対忠誠は示さない。きっとリリスがお金を積んで結婚を申し込んだとしても、リリスと結婚しロゼリア王国に来る確率は、ほぼゼロに等しい……。

「鎧の男……リリス様は、我が君をそうお呼びになっていたのですか？」

くすりとジュート卿が口元を綻ばせた。

「我が君、朝ですよ。リリス様がすでにお目覚めでお待ちかねです」

ジュート卿がその男をそっと揺り動かすと、男がもぞりと動いて上半身を起こした。頭に毛布がかかったままだ。

その姿が少しだけ可愛く思えた。

「ジュートか……？　リリスは大丈夫か？　呪いは……」

「お隣にいらっしゃいますよ」

すると毛布から騎士らしい逞しい腕がにょきっと伸びて、頭の毛布を取り去った。

瞬間、リリスは眩《まぶ》しさに目を眩ませる。

朝日に照らされているのは、陽の光よりも輝く黄金、それも純金を煮詰めたような稀有なダークブロンドの髪……。

――この髪の色をした人を一人だけ知ってる。まさか――。

振り向いた男の黄金の瞳と目が合った。

「――おはよう、リリス」

「ふ、フリード……さま？」

リリスは驚きで目が飛び出そうになった。

なぜ彼がここに？　どうして、裸でここに……？

リリスがあっけにとられ呆然《ぼうぜん》としていると、起き抜けのフリードが、ちゅ、とリリスの唇に軽く口づけした。

「は、はひっ……、ふ、フリード……様が、なんで……どうして……？」

フリードは筋肉の盛り上がった肢体を惜しげもなく披露し、見事な上腕二頭筋を無駄に使って黄金の髪をかき上げてから、はっとしてリリスの利き手を持ち上げた。

「――よかった。見ろ、ジュート！　呪いの黒い紋様がなくなっている！」

「の、呪いの紋様……？　呪い？」

あり得ないことを聞き、リリスは死にかけの魚のように口をはくはくさせた。

思考が追い付かない。

呪いってなに？

今までずっとずっと回避していたことが、とうとうこの身に降りかかってしまったの？

「わたし……呪われているの？」

リリスは誰に聞くでもなく独り言のように呟いた。

「そうだよ、リリス。君は何者かに呪われて――、あっ、リリスっ？」

フリードの決定的な言葉に、リリスの緊張の糸がぷっつりと途切れてしまう。

――私は二度目の人生さえも、細《ささ》やかにひっそりと生きることはできないの……？

目の前のフリードの顔がぐにゃりと歪んだとき、リリスの身体はベッドの上に崩れ落ちていた。

……＊…………＊…………＊……


「――リリス、リリス、大丈夫か……？」

次に目覚めた時、リリスはフリードの腕の中にいて気付け薬を渡された。シュミーズの上には暖かなガウンが着せられている。

「フリード様……」

夢じゃない。まごうことなき本物のフリードだ。近くにはジュート卿も心配げに控えている。

「苦いが飲めば気分がすっきりする。一人で飲めるか？」

フリードがリリスの瞳を覗き込んだ。リリスはぱちぱちと瞬《まばた》きをしてから小さく頷いた。

苦みのある薬をゆっくりと喉に流し込みながら、リリスは絡まった思考を整理した。

――まず、舞踏会で気分が悪くなってジュート卿と鎧の男に介抱されたんだわ。

それで、私はなんだか身体が疼いて仕方がなくて、鎧の男に迫って……、でも鎧の男は騎士ではなく実はフリード陛下だった……ということ？

リリスが薬を飲み終えると、フリードがその杯をジュート卿に手渡した。

「――良かった、リリス。私の配慮が足りなかった。そなたを怖がらせてしまったな」

「わたし……どうして……？　本当にフリード様と……そのよ、夜を？」

「ああ、覚えているか？　私がリリスと交わりそなたの中に我が精を放ったんだよ」

身体の奥に残る鈍い痛みを思い出し、リリスは信じられない思いで両手を頬にあてた。

「ご、ごめ……なさ……っ、私、自分の香水の匂いに酔ってしまったみたいで……、それで、なんだかくらくらして身体が熱くて苦しくて……フリード様に大変な粗相を……」

——無理やり迫って、一国の皇帝を襲ってしまった。

万死に値するのではないだろうか。呪い殺される前に、不敬で抜刀されてもおかしくはない。

リリスは寝台の上で平伏する。

「どうお詫びをしたらいいか……」

「詫び？　なぜ詫びがいる？　リリスがやっと我が物となったのに」

フリードはリリスの上半身を起こして、にこりと笑った。

その笑みが、昔、一目で恋に落ちたフリードの姿絵と瓜二つ《うりふた》でリリスはふたたび胸がときめくのを感じた。

——当り前じゃない。本人だもの。

フリードは、リリスの憧れだった時の素敵な皇子様と今も変わらない。そのフリードに見つめられていると心がのぼせたようにぼうっとなる。

「リリス、いいかい？　これから話すことを聞いてほしいんだ。何があっても私が必ず君を守ると誓う。だから怖がらずによく聞いてほしい」

「は……い……」

——とりあえず、万死をもって償うことはなさそう……？

リリスはこくりと頷いた。

「リリス、君は『人魚の茨《いばら》』という呪いにかけられている」

「えっ、人魚の茨……？　の、呪い？」

なぜそんな呪いに？　いったい誰が？　いつ——？

困惑するリリスに、いつのまにかジュート卿の陰に潜んでいた、一人の老人が進み出た。

「フリード陛下、その呪いについては、この私《わたくし》めからご説明いたしましょう」

天蓋付きの寝台の足元にはジュート卿と年配の男が立っていた。フードを目深に被り、白く長い顎髭を蓄えた老人だった。そのいで立ちになぜか既視感がある。

「——あなたは……？」

「ご無沙汰しております。リリス王女殿下。あなたの十二歳を祝う晩餐会で一度お会いしましたね。その時、お伝えしましたでしょう？　王女様の力では回避することのできない運命が待ち受けていると——」

「あなた、まさかあの時の——？」

老人はフードを少しだけ上げて、皺の深い目でニヤッと笑った。

その老人は、ヴァイシュタット皇帝に秘密裏に仕える呪術師で、名はバゼラルドといった。普段は旅芸人の一座と共にあちこちの国を渡り歩き、ただの占い師に身をやつしているという。

リリスの十二歳の誕生日に、ロゼリアの王宮に来たのも偶然ではなく必然だったのだとバゼラルドは語り始めた。

「――では、私にはその『人魚の茨』という呪いが……？」

フリードがリリスの腕をそっと擦った。

「ああ、夕べリリスを抱いていたとき、気が付かなかったか？　君の腕に黒い茨の蔦のような紋様が浮き上がっていたことを……」

「そういえば……」

たしか、フリードが自分の昂《たかぶ》りに触れさせようとして私の腕を持ち上げたときに気が付いたんだわ。でも紋様よりもフリード自身の存在感の方が衝撃的で……。

リリスはぽっと頬を染めた。

「夕べリリスを抱いたのは、その呪いの解呪の為《ため》だ。バゼラルドが言うには、その紋様が毎晩、君の腕に浮かび上がってくるそうだ。そしてその紋様が全身に広がると……死に至るらしい。その紋様を消すためには、呪いの力よりも強い神力を受け継ぐ私がそなたに精を注いで中和しなければならないと」

「その通りでございます。フリード陛下はこの世界の創造神の末裔《まつえい》にございます。フリード陛下のお力で、昨晩リリス様の腕に現れた紋様はすっかり消えてなくなっております。これは大変いい兆候にございます。この調子で次の満月の夜までに毎晩現われた紋様を消すことができれば、完全に呪いを中和し浄化することができましょう」

バゼラルドが断言する。

「――というわけだから、リリス、そなたは何も心配するな。毎晩、私に抱かれていればいい」

「いいえ、そんなっ。まさかそういう訳には――。フリード陛下には花嫁選びの舞踏会が……」

リリスは混乱し、両手を大袈裟《おおげさ》に振って拒絶した。

「リリスをこの国に招待したせいで、君が狙われ卑劣なやつらからの呪いに掛けられてしまった。ということは、招待した私に重大な責任がある。リリスの命を守るためにも今すぐこの花嫁選びの舞踏会を中止したいところであるが――」

ちらりとジュート卿に視線を向けると、彼が心得ているように頷いた。

「はい陛下。そのお考えもごもっともですが、突然舞踏会を中止すればリリス様に呪いを掛けた非道なやつらも怪しみ、さらなる策略をリリス様にしかけないとも限りません。極悪非道な犯人を捕まえるために、表向きは何事もなかったかのようにするのが得策かと」

「そうだな、ジュートの言うことにも一理ある。気取られぬように配慮せよ」

「――我が君、仰せのままに」


こうしてリリスの命運は、バゼラルドの予言どおりに動き出した。

リリスはぶるっと震えた。これも前世の業《ごう》なのだろうか。

呪いの解呪のためとはいえ、毎晩、フリードに抱かれることが、もしもルヴィーナ王女やその他の王女様方にバレればきっと命を狙われる。

けれど、このまま何もしなければ、呪い死ぬという運命だ。

リリスはどちらに転んでも、「死」というデスルートに陥ってしまったらしい。

――やっぱり神様などいないのではないの？

するとリリスの考えを読んだのか、バゼラルドがリリスに囁いた。

「ご安心ください。すべては我が主に身を委ねていれば安心です。なにもかも必然。王女様の力では回避することのできない運命でございます。ここは抗《あらが》うことなく運命の車輪が回る方向に委ねてみましょう」

「そうすれば……助かるの？」

するとフリードがリリスの手をぎゅっと握りしめて安心させるように微笑んだ。

「むろん、必ず助ける。今世こそ、そなたを守ると決めたのだから」

「──今世？」

──どういうこと？

フリードは私が二度目の人生を送っていることを知っているの？

「リリスは何も心配せずともよい」

フリードが咳払いをしてから、リリスを引き寄せてその胸の中に閉じ込めた。

とくとくというフリードの穏やかな鼓動が、リリスが忘れている何かを伝えるように響く。

けれどもフリードに唇を重ねられてリリスの小さな疑念は霧散した。

ジュート卿やバゼラルドが見ているのに恥ずかしい。それなのに、羞恥よりも甘く胸がときめく。

「──口づけも呪いの解呪には効き目があるみたいだ。夜を共にする時だけでなく、ときどき口づけしよう」

うなじまで真っ赤に染まったリリスにバゼラルドが追い打ちをかける。

「日中、呪いの暴走を防ぐには得策ですな」

しかもジュート卿は口づけあう二人に温かな微笑みを向けていて、リリスはさらにいたたまれない。でも、自分にはなす術がなく、フリードや彼らに従うほか生き延びる道がない。

　こうしてリリスは、かつてバゼラルドが示したタロットカード、――運命の輪に身を委ねることとなってしまった。

・・・・＊・・・・・・・・・・・・・・＊・・・・・・・・・・・・・・＊・・・・・

「うぅッ……、んっ、んんッ。はぁっ、そこ、こりこりしちゃ……、やぁ……んッ」

「イヤじゃないだろう？　リリスの蕾は気持ちよさそうにヒクヒクしている」

　その夜も、リリスはフリードの寝台の中で喘いでいた。

　脚を開かれ、小さな突起を舌で愛撫される。リリスは頑是《がんぜ》ない幼子のように、イヤイヤと首を左右に振り、溢れる愉悦から少しでも逃れようとした。

　だが、そんなリリスの痴態にフリードが淫蕩に微笑む。

　彼の瞳はもの慣れぬ初心な反応を愉しんでいるような、どこか悪魔じみた酷薄な笑みを宿していた。

　フリードの寝室で目覚めてから、リリスは怖《おそ》れていたことがとうとう現実となり、自分の力ではどうしようもない運命の輪に巻き込まれてしまったことを知った。

　なんと自分は『人魚の茨《いばら》』という呪いを掛けられてしまったのだ。しかもその犯人も誰なのか分からない。

一度消えた呪いの紋様も、また夜が来ると、どす黒い茨の紋様が腕に現われてしまう。するとまるで媚薬を飲まされたように身体中が疼いて、火にくべられているような熱に苛《さいな》まれる。けれど呪いはそれだけではない。

その紋様を放置してそれが全身に広がると、リリスの身体は茨の毒で「死」を迎えるのだという。

——いったいなぜ？　誰が？　どうしたら助かるの？

十二歳の誕生日の夜、リリスを占った得体のしれない老人は、実はヴァイシュタット王家の呪術師で名をバゼラルドと言った。その呪術師《バゼラルド》から、「死」の運命からリリスを救うことができるのは、ヴァイシュタット皇帝フリードただ一人だけなのだと教えられた。

神力をその身の内に秘めているフリードに、リリスの胎内に精を注いでもらい毒を中和する以外に方法がないというのだ。

そのため、リリスは今宵もフリードの褥《しとね》で淫らな喘ぎ声をあげて身体を戦慄かせている。

「ふ、リード様……、なぜ……、私なんかのために……」

リリスにとっては、小さな頃から大好きだったフリードだ。でも、彼は絶対に幼いリリスの恋心を迷惑に思っていただろうし、弱小国家の王女であるリリスを救ったとしてもなんのメリットもないはずだ。

それなのになぜ、私を助けようとしてくれているの……？

フリードと褥を共にしたいという王女は、ルヴィーナを含めて大勢いるはずだ。

「リリスは何も心配することはない。君は快楽に溺れてただ気持ちよくなればいいんだよ」

「や、やぁぁぁッ、あっ、ぁん……、そこ、吸っちゃ……らめ……ッん」

フリードが敏感な突起を、ちゅうちゅうと飴玉《あめだま》のように吸い上げた。いやらしく蠢《うごめ》く舌先で、くにくにと形を変えたり押し潰したりされれば、リリスの思考は一瞬で気化してしまい、何も考えられなくなってしまう。

「ひぁ……、あん、あ……きもち、いぃッ……」

甘美な刺激に肌という肌に愉悦が迸り、我慢できずにはしたない声をあげた。

――やだ、隣の部屋に控えているウィラに聞こえちゃう……。

リリスは、昨日から表向きは体調不良ということで舞踏会や王女たちのお茶会を欠席し、このフリードの部屋に匿《かくま》われている。だが、なんとリリスたちが与えられていた部屋は、皇帝フリードの寝室の隣にある妃の間だったというから驚きだ。

――いくら迎賓館がいっぱいだったからって、まさか空《あ》いていた妃の部屋を用意されるとは思ってもいなかった。

けれどもリリスたちが妃の部屋を与えられていたことは、ジュート卿や信頼のおけるフリード付きの女官など、ごく一部の者たちしか知らないらしい。

リリスが涙目になり、全身をひくひくと小さく痙攣させると、フリードが嬉しそうに舌なめずりをした。

「だいぶ悦《よ》くなってきたか？　リリスが感じれば感じるほど、呪いの紋様の色が薄くなってきている。もっと気持ちよくなってごらん。花びらも奥の秘壺もたっぷりと舐めて解してあげよう」

「あっ……、そこは……いやぁ、汚いです……ッ」

「言ったろう、リリスに汚い所などない。ごらん、この小さくて薄い花びらはことのほか甘くて柔らかいし、外側の花弁はまるでヴェルヴェットのようでまさに大輪の薔薇の花びらのような舌触りだ」

フリードが花びらを指で丁寧に捲《めく》り上げた。慎ましげな薄い花びらの付け根さえも、舌で優しく舐め上げていく。

「あっ、だめ、だめ、だめぇ……ッ」

舐められるたびに、感じすぎてビクビクっと腰が揺れる。

──ああ、心臓が止まってしまいそう……。

呪いではなく、これでは快楽で死んでしまうのではないか。

リリスは生ぬるい舌が蠢く感触に震えが止まらない。甘いさざ波がいくつもせり上がってきて、リンネルをぎゅっと摑んで耐えた。

なのにぴちゃぴちゃという淫猥《いんわい》な音がリリスの鼓膜を犯し、フリードに溢れる蜜を啜られているという事実をありありと伝えてくる。

男らしい吐息と舌を使った巧みな愛撫の渦に呑み込まれ、溺れてしまいそうになる。

「中も舌で可愛がってあげよう」

今度は肉厚な舌が探るように蜜壺の浅瀬へとゆっくりと入り込んでいく。

「ひぃぅ……んっ」

こんなふうに背徳的な交わりに耽《ふけ》ることは、フリードにも無理をさせているのではないかと、申し訳ない思いで一杯になる。なのに、ぞくぞくした興奮と期待、そして不安が綯《な》い交《ま》ぜになり、リリスはひくりと喉を震わせた。

濡れた膣肉がフリードの舌を嬉《うれ》し気《げ》に受け入れ、蜜口がきゅっと締め付けている。

――恥ずかしい……。何てはしたないの……。

リリスは唇を噛んで快楽の熱を逃がそうとするが、指でも秘玉を弄ばれているせいか、官能の糸が途切れることがない。

心が快楽を我慢しようとすればするほど、気持ちよくて堪らなくなった。容赦なく官能を煽《あお》られて、下半身が痺れきって、しまいには弛緩《しかん》してしまう。

「ん……、いい子だ。奥もたっぷり蕩かせてあげよう」

さらにフリードの舌が深く入り込み、蜜襞を抉《えぐ》るように愛撫されればたまったものではない。

「んんんッ、あ、あぁ……、だめ……おかしく……なっちゃう」

リリスでさえも未知の秘壺。その内壁を舌でぞろりと撫でられる感触に、懸命に首を横に振り抵抗する。

だがそんなささやかな抵抗は、フリードにとっては可愛らしいあがきに映る。

指とは違う、あたたかな舌で濡れた秘壺の内側を舐められることがこんなにも気持ちがいいなんて……。

リリスは睫毛を震わせて、快楽のさざ波が襲うたびに何度も嬌声をあげた。

「いい声で啼《な》く。一晩中、啼かせてあげようか。呪いも逃げ出すかもしれぬな」

「そんな……フリード様に、そこまで迷惑は……ひぅッ」

「迷惑なものか。声も我慢しないで。運命に身を任せて自分を開放してごらん」

フリードの言葉で一気に快楽の感度があがる。

両腿を押し上げられ、舌がリリスの秘部を大胆に這いまわる。まるでフリードに食べられているかのようだ。

甘美で背徳的な舌の戯れに、リリスは腰をくねらせ、尻を淫らに震わせて身悶えた。

「はあっ……、ンふッ……、だめ……んッ」

「震えるほど気持ちがいいのだな」

リリスの反応が余計にフリードの雄の欲を煽っているなど、考えもつかない。

たった一晩、フリードの楔を受け入れた身体は、いとも簡単に彼の愛撫に反応する。

ずっとフリードへの想いを我慢していた分、抱かれれば歯止めが利かない身体になってしまったようだ。

「ごらん。最初は慎ましかったリリスの快楽の種が、こんなにいやらしくぽってり膨らんで食べられたがっている」

フリードが舌先で淫核を左右に揺さぶり、胸の蕾と同時に、指できゅっと挟み込んだ。

「あぁあっ――……、イっちゃ――」

腰骨が蕩けるような強い快楽に襲われ、目の前を流星が嵐のように流れ飛ぶ。

ぴゅっぴゅっと透明な愛蜜が飛び散り、リリスの下半身は壊れた人形のようにがくがくと揺れた。

リリスは感じすぎた衝撃で、頭の中が真っ白になった。

「いい子だ、リリス。自分を解放できたね。気持ちよかったかい？」

「ふ、ふぇ……、わたし……お漏らしを……」

「リリス、これはお漏らしじゃないと言っただろう。女性はすごく気持ちよくなると蜜が吹きこぼれるんだ。こんなに気持ちよくなってくれて嬉しいよ」

――ん、甘い、と言ってリリスの蜜の吹きこぼれた太腿をぺろぺろと舐めた。

「……もう、恥ずかしくて……、フリード様のお顔が見れません……っ」

リリスは涙目になる。まだ息が整わず、はくはくとあがる息を抑えられない。

彼が愛でてくれているのは、この身体だ。しかも呪いの解呪のためであって、招待したリリスが呪われてしまったという責任感から抱いているに過ぎない。

一度はフリードへの想いを封印したというのに、いくら呪いの解呪のためとはいえ、こんなに心も身体も蕩けるように抱かれては決意が揺らいでしまう。

だって二度目の人生は、誰も愛さず、誰にも愛されないと決めたのだ。

張りつめた肌の下で、リリスの胸はフリードを求めて甘く疼いた。

しかもリリスの脚の間は、たっぷりと潤いフリードを待ちわびていた。絶頂に達したばかりなのに、すぐに蜜がとろとろと溢れて零れる感触に、リリスはフリードの玉顔を見ていられずに顔を逸《そ》らした。

なのにフリードはわざと太腿を左右に開いて、自分が蕩けさせた花園を眺めている。

「ああ、可愛らしい……。こんなに濡れそぼって、とろとろじゃないか。もの欲しそうに蜜口もヒクヒクしてる」

「やぁ、見ちゃだめぇっ」

「では、こうしようか」

「――え、きゃっ」

フリードがリリスを背後から抱き、太腿をさらにぐいっと割り開いた。まるで幼い子供を後ろから抱きかかえ、おしっこをさせるような格好にさせられる。

「いい子だ。このほうがもっと感じることができるよ」

「きゃっ、いやぁぁ、だめ、こんな恰好《かっこう》……っ。もうこれ以上……無理です」

「もっと快楽を得ないと、紋様が綺麗に消えないかもしれない。リリスはただ気持ちよくなることだけを考えて。ほら、花芽も剝けてこんなにぷっくり飛びだして触れて欲しそうだ。ここを指でクリクリあやすのも好きだったろう？」

「あ、んぁ、だめぇぇッ……」

くちゅっとフリードの指が蜜を掬い上げ、剝《む》き出しで無防備になった花芯に触れた。円を描くようにくりゅくりゅと蜜を塗り込んでいく。

「あ……ひぁ……、やぁ……」

リリスは泣きじゃくりながらイヤイヤと首を振るった。

恍惚の痺れが身体中を目まぐるしく駆け抜ける。淫核を弄ばれながら、胸の蕾もきゅうっと摘まれ、全身が熔けてしまいそうになった。

「ひゃぁ――……ッ、んぁ……っ」

びくんびくんと大きく腰が揺れ、リリスが法悦の極みに達した。意識が天井に昇りつめたまま、なかなか降りてくることができない。

下肢も未だにがくがくとはしたなく震えている。

「ふ――、リリスの反応は素直だからあやしがいがある。ああ、またこんなに蜜を吹き零したね。欲しくて堪らなさそうだ。このまま私のモノを呑み込んでごらん」

絶頂の極みに達し、まだ虚ろなリリスは、太いものが秘部に触れるのを感じて、思わずぎょっとした。

ちらと目線を下にやると、驚くほど大きな男根が勃起していた。フリードがその根元を摑み、背後からリリスを抱っこしたまま秘所に竿先をあてがう。

「挿《い》れるよ」

「ひぁんっ――」

熱い。それに硬くて猛々《たけだけ》しい。蜜口がこれでもかと引き伸ばされる。

「はぁ……、柔らかいのに健気に喰い締めようとして……。気持ちいいな」

フリードが恍惚とした声で呟く。しばらく秘壺の浅瀬に亀頭を呑み込ませて慣らすように、ぐぷぐぷと前後させた。

極みに達したリリスには、それだけで意識が飛びそうになる。

「ほら、リリスはどうだ？　奥に欲しいかい？」

卑猥な肉塊の先端を浅瀬で遊ばせているフリードが淫蕩に囁いた。リリスはただ泣きじやくりながら頷いた。言葉も満足に出せないほど、感じてしまっている。

楔の先端でさえ、思った以上に太くて圧迫感がある。亀頭を含まされただけなのに、膣奥が飢えたように蠢動《しゅんどう》した。

——呪いのせいでおかしくなってしまったの？

反り返った太い肉棒がこれからリリスを奥までみっちりと満たすのだと思うと、ぞくっとした期待に胸が打ち震えた。早く奥に欲しくて、リリスは切ない声をあげて強請った。

「……りーど、さま、はや……く……んっ」

身体の芯がフリードを求めて疼いて堪らない。リリスはフリードにせがむように仰《の》け反《ぞ》った。早くそれを奥に挿れて欲しいと言わんばかりに、脚を大きく開《ひら》いたまま。

「なんという媚態《びたい》。ふ、リリスも我慢できないんだね。可愛い……。いいよ、コイツを存分に貪るといい」

「あ……、んぁッ……んんぅッ」

背後から両腿を抱え上げられたまま、いきり勃った熱い肉の塊を奥へとねじこまれた。硬く怒張した太い竿がリリスの蕩け切った蜜奥をゴリっと押し拡げながら入り込む。

「ひぅ……んっ」

腰骨から背筋を突き上がるように、熱く強烈な快楽が拡がっていく。

肌がぞくぞくと粟立ち欲しいもので満たされる嬉しさで、リリスは達してしまいそうになる。

まるで背後から串刺しにされるような挿入に、リリスは衝撃を逃がすこともできず、ただただ咽び泣いた。

「ひぁ……ッ、や、うしろ……む、むり……ッ」

後から羽交い絞めにされた無防備な格好のまま、蕩け切った蜜洞を貫かれるのは自分の身が持たないと伝えたかった。

けれどもフリードは違う意味に受け取ったらしい。

「見くびっているな？　私の男根の長さは後ろからの挿入でも十分にある。だから抜け落ちる心配はない」

「——ちがっ、あぅんっ……」

ぬぐ——と卑猥な音を立て、反り勃った太い雄棒がリリスの秘壺を抉《こ》じあけていく。

フリードの男根は纏わりつこうとする媚肉を掻き分け、ずぶずぶと深く沈んでいき、あっというまに蜜洞の半分まで呑み込ませた。

リリスの全身が強張《こわば》り、あられもない姿のまま、爪先がぴくぴくと痙攣する。

いったいどれほどの長さがあるのだろう。

胎《はら》の奥を灼熱《しゃくねつ》の楔で灼かれながら満たされたみたいだ。

軽く極めたリリスをフリードがさらに追い詰める。

硬い屹立《きつりつ》を根元まで深く挿入し、リリスの狭隘《きょうあい》な隘路《あいろ》をみっしりと埋め尽くした。

まるで小さな革袋に、許容量を超えた水をはち切れそうなほど含まされたような気分だ。

苦しいのにリリスの体内で、生々しく脈打つ。その刺激で、秘壺がキュッと窄《すぼ》まり、フリードの雄を喰い締めた。

「ひぁ、あ、やぁぁ……だめぇ――……ッ」

「ふ、挿入《い》れただけでイったのか？　リリスの襞が気持ちよさそうにぶるぶると震えているよ」

艶めかしく眉をひそめ、いくぶん掠れた声のフリードは、さらにリリスを責め始めた。

亀頭を引《ひ》き摺《ず》りだし、甘蜜を刀身に塗り込めるように突き入れ、ぐちゅぬちゅとリリスの蜜壺を掻きまぜる。

リリスは声にならない声をあげた。

雄杭がぬちゅぬちゅと勢いよく内壁を擦り上げている。

しかも幼い子が用を足す格好のまま、胎の奥を突かれるたびにリリスは底なしの悦楽に溺れながらしゃくりあげた。

恋しい人にあられもない痴態は見せたくない。

なのに蜜洞は涎《よだれ》を垂らして男根を迎え入れ、ぎゅっと締め付けてさらに貪欲に奥へと呑み込もうとする。

「く――、リリス、そんなに焦らなくても分かっているよ。たっぷり気持ちよくしてから、たくさん精を放って溢れるほど満たしてあげるから大丈夫だ」

フリードが腰を抽挿させながら、耳朶を食むように淫猥に囁いた。

じゅぷじゅぷといやらしい音を立て、逞しい腰を上下に強く揺すり上げる。

濃厚で執拗な挿入に、リリスは呪いで死ぬよりこのまま悦楽で死んでしまうのではないかと思った。感じすぎて蜜がとめどなく滴り落ちる。

何度も容赦なく逞しい肉棒で突かれ、甘く重い快楽が胎全体に轟《とどろ》いていく。

「や……大きくなって……、ああッ……」

――信じられない。

さらにフリードの雄茎が怒張して、リリスの蜜襞をこれでもかとぎちりと押し拡げる。

許容を超えた圧倒的な質量。神々しいフリードの外見とは真逆の獰猛《どうもう》で悪辣な太い楔。

それが貪欲に最奥を抉るように抽挿される。

しかもそれだけでは済まなかった。

あろうことか雄茎で突き上げながら、フリードがリリスの熟れた秘玉を指先であやしはじめたのだ。

「やぁッ……、だめ、それやぁ、ああ――……ッ」

「ここも一緒に気持ちよくなりたいだろう?」

ありえない格好のまま、秘壺をフリードの男根でいっぱいにされている。なのに無防備な淫芯まで、巧みな指さばきでくちゅくちゅと無尽蔵にあやされる。

意識が混沌《こんとん》として何度も絶頂を極めてしまい、リリスは蜜のお漏らしが止まらなくなる。

快楽が百倍、千倍にもなって全身が熔け落ちてしまうのではないかというほど鮮烈な法悦に酔いしれる。

「んうぅッ……、ひ、あ、ああ………んぅッ」

「とろとろだ。可愛い私だけの宝玉……。両方されるのが好きかい？」

くちゅくちゅと敏感な芽を捏《こ》ねられ、奥を抉られるように亀頭をめり込まされ、また優しく淫玉をくりくりとあやされる。

リリスは意識を度々飛ばしては、腰をビクンビクンと揺らすことしかできない。

「ひ……はひッ……、ひぅっ――……」

ついに限界を超え、快楽の巨浪《きょろう》が全身に迸った。

滾《たぎ》った肉塊で内側から蹂躙《じゅうりん》され、淫芽を指で執拗に弄ばれてとうとう恍惚を極めた。

腰の奥がカァっと熱くなり、苦しいほどの愉悦にリリスの意識がふっと遠くなった。鋭い快感を受け止められずに、眼裏《まなうら》に閃光《せんこう》が走り、真っ白に弾《はじ》け飛んだ。

まさに昇天したのだ。

手足はこと切れたようにだらんと垂れて、ぐったりとフリードにもたれかかった。薄く開いた口からは涎《よだれ》を垂れ零してしまう。

忘我の境地の片隅で、フリードの荒い吐息と、ぐちゅぐちゅと抽挿される水音が激しくなっていくのを聞いていた。

「リリスの中に、たっぷりと精を注いであげよう」

「……りーど、さま……ッ、や、も、ああッ……」

「止まらない、ああ、リリス――」

フリードの楔が生き物のように奔放に暴れ出す。彼の身体は力で満《み》ち溢《あふ》れ、リリスが虚脱してもう限界《むり》だというように首を振っても徒労に終わる。

なんという絶倫ぶりだろう。

フリードが無慈悲にもとどめを刺すように男根を深く突き立てた。瞬間、唸《うな》り声《ごえ》とともに熱い精が濁流のようにリリスの子宮に勢いよく流れ込んでいく。

「――くッ」

「ふああ……っ、熔けちゃう……」

「いいよ、君の呪いも運命も全て僕が受け止める。たっぷり射精《だ》すから、ただ気持ちよく熔けるといい」

フリードの甘く包み込むような言葉に、リリスはまるで自分が幼い子供に戻ったような気がした。前世の記憶がなかった頃の純粋にフリードが大好きだった自分。

憧れのフリードとこうして一つになれた歓びに、リリスはこの時だけは、固く閉ざしていた心の扉を解き放った。

——大好き。この気持ちを伝えられればどんなにいいか。

男根を呑み込んでいる秘壺が、リリスの恋焦がれる気持ちと同じくらい熱く疼く。

どくどくと注ぎ込まれる飛沫《しぶき》は、濃厚で強いお酒のようにリリスを眩めかせた。

精の多さに腰骨がふやけて蕩け落ちてしまいそうだ。さらにフリードが腰をぐいと突きあげて接合を深くする。

「——っ、吸いついてくる。何も考えずイってごらん」

「ん、あっ……、や、いっちゃ……んぅッ——……」

迸る精がリリスの身体の隅々にまで溶け込んでいくような感覚。すると、リリスを苛んでいた狂おしい身体の疼きが消えて無くなっていった。

「……リード、さま……。……いす……き……」

うわ言のように何かを呟くと、リリスはフリードの胸に抱かれながら、意識もろとも微睡《まどろ》みの彼方に蕩け落ちて行った。

第五章　オランジェリー

天蓋のヴェールの向こうから何人かの低い話し声が聞こえてきた。リリスがふと瞼を開けると、窓からは明るい陽の光が燦々《さんさん》と降り注いでいる。

──もう、こんなに陽が高く？

いったいどれほどの時間、フリードの部屋で眠りこけてしまったのだろう。

下腹の奥の方には、まだ異物が抜けきらないような余韻がある。

リリスは広い寝台の上で、さなぎから孵化《ふか》する蝶《ちょう》のようにまだ軋む身体をそうっと伸ばす。するとあわいからとろりと流れ出た、夕べの名残にどきんとする。

それもそうだろう。あんなに大きなものを挿入されてたっぷりと掻きまぜられたのだ。

リリスはフリードとの甘い淫夢の一部始終を思い出し、不覚にも妖しく胸をときめかせてしまう。

明け方まで時を忘れて睦みあった。なのに、いつのまにかシーツも清潔なものに取り換えられ、リリスの全身も清められており、夜着を着せられていた。

――そういえば、フリード様に抱きかかえられて湯殿《ゆどの》に入ったような……。

その間に召使いに指示を出して、ぐっしょり濡れたシーツを取り換えたのかもしれない。

リリスは夕べ信じがたいほどの淫らな格好で性交の悦びを教え込まれたことを思い出した。しかも感じすぎてしまい、お漏らしをしたかのように何度も蜜を吹き零した自分に煩《はん》悶《もん》する。

いくら呪いの作用もあるとはいえ、自分が晒《さら》してしまった痴態をないものにはできない。

フリードは招待国の王女が呪いをかけられたという責任感から、こうして自分の部屋にリリスを匿ってくれている。夜は紋様が浮かんで淫猥な熱に浮かされるリリスを抱き、解呪のために精を注ぐという行為を行ってくれることになったのだ。

そんなフリードに申し訳ない気持ちでいっぱいになる。

なにより一度は諦めたはずの恋心が再燃してしまいそうで、リリスは自分の心を戒めた。

――誰も愛さず、誰にも愛されない。

そう決めたじゃないの。この呪いが解けたら、えり好みなんかせず、恋や愛ではなく、持参金のある花嫁を探しているどこかの王子と婚約を決めてしまおう。

そして国に帰るのよ。

フリードの妃には、きっとルヴィーナ王女のような絶世の美女で大国の王女の方が相応しい。

そんな思いを強くしても、ルヴィーナ王女がフリードに抱かれるということを想像しただけで、なんだか喉が痞《つか》えて息が詰まるような気がした。

——だめだめ。甘い夜もあと少し。

リリスはぶんぶんと頭《かぶり》を振った。

あと七晩ほどで満月がやってくる。

あの呪術師のお爺さんの言葉が本当なら、満月の夜を最後にフリードに精を注いでもらえれば、呪いは解ける。

夜になると禍々しく浮き出る呪いの紋様もすべて消えてなくなるはずだ。

そうすれば、フリードも義務感から好きでもない王女を抱かずに済む。

——あと七日七晩。

リリスはいい表せない胸の疼きを無視して、身を起こそうとした。そのとき天蓋のヴェールの向こうからリリスの侍女、ウィラの声が聞こえてきた。

「——は、はい、この香水瓶の贈り物が届けられておりまして……。てっきりフリード陛下から賜った贈り物だとばかり……」

「——ウィラ？」

リリスがむくりと起き上がり、ベッドを下りて立ち上がろうとした時、下半身に力が入らず崩れ落ちそうになった。

「あっ……」

「──ッリリス、危ない」

すぐにフリードの腕に抱きとめられた。

真っすぐな瞳が、心配げにリリスを見下ろしている。彼も起きてさほど時間が経《た》っていないのか、まだローブ姿だった。

「大丈夫か？　リリス。夕べは少し無理をさせすぎたかもしれない」

手を取り甘く微笑まれてリリスはどきんと胸が躍《おど》った。

どんな女性でも蜂蜜のように蕩かせてしまうのではないかと思わせる黄金色の瞳。男らしい喉ぼとけやローブから覗く色香の漂う鎖骨、盛り上がった逞しい胸板が官能をそそる。

目に毒なほど、艶めいた姿にリリスは頭の中で呻いた。

──朝から目のやり場に困ってしまう。

「あ、あの、はい……。だいじょうぶ……で……」

自分が彼と肌を重ね合わせたことが生々しく思い出されて返事さえままならない。

「リリス様っ、ああ、良かったですわ……。私、お目覚めの薬湯を持ってまいりますね」

ウィラが涙ぐみ、嬉しそうにしながらいそいそと部屋から下がっていく。

「あの……なぜ、ウィラがここに？」

「ああ、君の侍女に聞きたいことがあって先ほどここに呼んだ。君にかけられた呪いのことをかいつまんでウィラには説明しておいた。ウィラも驚いていたが、いつどこで君が呪いを掛けられた可能性があるかを知りたくてね。さ、こちらにおいで」

フリードに誘《いざな》われてふかふかのソファーに腰かけるとほっと息を吐いた。

下半身に力が入らないのは、やっぱり夕べの交わりのせい？

「リリス様、おはようございます。寝起きのお姿もさらにお可愛らしいですね」

「――わかりきったことを言うな」

なぜかフリードが憮然《ぶぜん》として返事をする。

「ジュート卿、あなたまでなぜ……？」

リリスは目をぱちくりさせた。どうしてフリードの部屋に、ジュート卿がいるのだろう。しかも彼のそばには、呪術師のバゼラルドまで控えていた。バゼラルドはリリスを見て、皺の深い目を射抜くように細めた。

「――ふむ。この二晩《ふたばん》でリリス様の呪いによる邪気が弱くなっておりますな。陛下の神力がかなり効いているご様子」

リリスは呪術師に昨夜の痴態を見透かされているようで、頬を熱くする。

「リリス、ジュートや呪術師のバゼラルドには君に呪いをかけたのが誰なのか密かに探らせているんだ。ジュート、説明を」

「はい、我が君のご指示で、先ほどあなたの侍女のウィラからも色々と伺わせていただきました。リリス様の様子がおかしくなったのは、舞踏会の夜からですね。侍女のウィラに確認したところ、舞踏会に参加する前に、この小瓶に入った香水を手首や身体につけられたとか」

ジュート卿がシルクのハンカチに包んだ香水瓶を差し出した。

——そういえば、この香水を付けて舞踏会に出た後から、むせるような薔薇の香りにくらくらして……。

リリスはこくりと頷いた。

「はい、その香水をつけて舞踏会に参加したんです。そうしたらお酒に酔ったように頭がふらふらして身体が熱くなって……。それで外の庭園で休もうと思ったの。てっきりフリード陛下からの贈り物だと思って……」

フリードの顔を見ると、眉根を寄せてリリスの話に耳を傾けていた。

「おかしいな。確かに他の王女たちには、ジュートに指示してこの国の特産の香水や茶器、菓子などを土産として届けるように指示していた。だが、リリス、君にはまだ何も贈ってはいない。直接自分で渡したいものがあったからね」

「じゃあ、誰が……?」

「中身が少しでも残っていれば、成分を調べられたのですが……」

呪術師のバゼラルドが呟いた。

「ご、ごめんなさい……。私、香水瓶を落としてしまったの。その時に中身が全部零れてしまって……。あら？　香水瓶の底に書かれていた紙がないわ」

「紙……？」

「はい、香水瓶の裏に紙が貼ってあって、小さい字で文字が書いてあったんです。それを唱えたら身体がいきなり灼けるように熱くなって、それで瓶を落としてしまったの」

「王女様、どんなことが書かれていましたか？」

　バゼラルドが眼光を鋭くした。

「ええと……、我が主《あるじ》にこの香水を付けた者の身体を捧ぐ……？　あとは呪文みたいな……」

「──なるほど、それは呪いの発動の呪文ですな。やはりリリス様は何者かに呪われてしまったようですな……」

　リリスはその言葉に急に怖さを覚えた。

　前世で嫉妬により恨まれ毒殺された時のことが頭をよぎり、血の気が引いて指が小刻みに震えた。

「バゼラルド、リリスを怖がらすな。リリス、大丈夫だ。必ず我らが糸口を見つけるから。それより腹が空いたろう？　紅茶とスコーンを用意しているから少し食べるといい」

　フリードがリリスにいい匂いの紅茶を淹《い》れてくれた。手渡されたカップを受け取り、癒しの香りを嗅いでから、お砂糖の甘い味に喉を鳴らす。

すると頬にフリードのあたたかな手を感じた。ティーカップを持ちながらリリスは、きょとんとしてフリードを見上げる。

フリードの端正な金の瞳が眩しそうに細められた。

——？

リリスが言葉を紡ごうとしたとき、唐突にくいと顎を上向かされ唇を重ねられた。

昨夜、さんざん馴染まされた唇の温かさに、下腹部がつきんと疼いた。

「——んっ」

「——我慢ができなかった。許せ」

「陛下……っ」

「日中も解呪のために口づけが必要だからな」

フリードは悪びれずに片目を瞑《つぶ》ってみせた。

危うくリリスは、手に持っていた熱いティーカップを落としそうになる。

こんな、人の見ている前で——。

ジュート卿やバゼラルドの前でキスだなんて——。

リリスはのぼせたようにぼうっとなったまま、心臓だけがどくどくと高鳴る。

だが、ジュート卿は動じることなくにこにこしているし、バゼラルドは二人よりも香水瓶を手に取って色々な角度から眺めていた。

「――我が主、この香水瓶ですが、これは正教会で特別に造られている聖水用のガラス細工ではないでしょうか。ヴァイシュタット正教会、レムール大聖堂の刻印が瓶の底に小さく刻まれております。仄かに残った香りからも正教会の気を感じますな」

「やはり正教会か――」

リリスは突然のキスの衝撃を紛らわそうと、焼きたてのスコーンを一口かじってから慌てて紅茶で喉に流し込んだ。

――さっきのキスはどういう意味なのだろう？

我慢ができなかったというのは、男性の生理現象のせいなのだろうか？　リリスも一応、男性が寝起きに生理的な興奮を覚えるということは知っている。

フリードも起き抜けで、身体が興奮していたの？

ちらりとフリードをみると、その瞳は寝起きとは思えないほど鋭く研ぎ澄まされている。まったく動じていないフリードは、バゼラルドから香水瓶を受け取ってその瓶の底を確認していた。

――フリードにとっては、単なる朝の挨拶だったのかも……。

なんだか肩透かしをくらったようでリリスは、気持ちが落ちるのを感じた。

夕べの睦《むつ》みあいの後だから、もしかしたら少しは自分に好意があるのかもしれないと思い違いをしてしまったのだ。けれど、彼はキスで呪いを緩和してくれただけ……。

「リリスは、ヴァイシュタット正教会になにか心当たりがあるか？」

突然フリードに話を振られてリリスは、スコーンを詰まらせそうになった。

「う、け、けほっ……。ヴァイシュタット正教会？」

リリスは慌てて聞き返した。

ヴァイシュタット正教会は、最も歴史が古く由緒ある宗教で、この大陸のどの国にも信者が多い。もちろんリリスの国も、ヴァイシュタット正教会の傍流ではあるが、それが国教となって神事を執り行っている。

しかもヴァイシュタット正教会は、皇帝フリードを最高権力の首長と定めており、フリードは宗教の面からいってもリリスにとっては雲の上の人物なのである。

「ああ、もしかするとリリスに掛けられた呪いはヴァイシュタット正教会が絡んでいるかもしれない」

「――ヴァイシュタット正教会が、呪いを？　なぜ……」

思いがけない言葉に面食らう。

リリスは自分に呪いをかけた犯人は、誰かがリリス個人への恨みを募らせたせいだと思っていた。そう、自分が前世で個人的な恨みから毒殺されてしまった時のように。

まさか正教会が自分を呪うなんて、その理由に見当もつかない。

「リリスもヴァイシュタット正教会について知っておいた方がいいだろう」

フリードに促されてジュート卿がリリスに話しはじめた。

「ヴァイシュタット正教会は、この国の初代皇帝の弟君が兄の皇帝を支えるために、創始しました。ですが、長い歴史の中で、いつしか正教会が独自に権力を築き上げ、ここ数代の皇帝にとっては目に余る存在となっているのです。正教会は、教皇を筆頭として枢機卿《すうききょう》、大主教、主教、司祭といった大小の権力者で構成されていますが、実は、色々な派閥に分かれていて反皇帝派の派閥もあるんですよ。長い歴史では、貴族との癒着事件も多い。ですが、大陸の多くの貴族や平民はヴァイシュタット正教会を信仰しています。皇帝とはいえ、正当な理由なく真っ向から正教会を取り締まったりするのは色々難しいのです……」

「でも、ヴァイシュタット正教会がなぜ、私を……？」

するとフリードが手を伸ばしてリリスの手を握る。まるで心配無用だとでも言うように、そっと撫でた。

「たとえば、この花嫁選びの舞踏会をどこかの国の王女の死でぶち壊したいとか、ロゼリア王国に恨みのある者とか。または、君を呪い殺すことで、得をする司祭やそれに繋がる貴族がいるかもしれないということだ」

「――でも、正教会が呪いなんてするかしら？」

リリスの言葉に、フリードとジュート卿、そして呪術師のバゼラルドは顔を見合わせて肩を竦《すく》めた。リリスは三人のその様子に思わず首をかしげてしまう。

ヴァイシュタット正教会といえば、戒律が厳しく、呪いだのという呪術は禁止されている。万が一、魔法や呪術に手を染めれば、たとえ王族であろうと正教会によって囚《とら》われ裁きを受けるという、皇帝に次ぐ権力を握っている。

「――リリス王女は、正教会の暗黒部を知らぬと思いますが、実を言うと正教会は、呪術や黒魔法によって時の皇帝を呪い殺すという陰謀を企てたことも度々ありました。正教会は自ら禁を犯して独自に呪術師や魔女をその懐《ふところ》奥深くに匿っているのです。また、皇帝も呪術には呪術でもって対応すべく、私めのような呪術師が密かに陛下にお仕えしております」

バゼラルドが付け加えた。

――なんということだろう。

リリスは言葉を失った。

まさか正教会が、そんな邪悪なことを企《たくら》んだりしていただなんて。

「正教会にせよ、そうでないにせよ、犯人は必ず突き止め相応の償いもさせる。リリスはなにも心配しなくていい。ジュート、バゼラルド、命じたように調べよ。よいな」

二人が下がるとリリスは平身低頭の気持ちで一杯になる。

リリスが迂闊《うかつ》に贈り主の確認もせず、誰からか分からない香水を使ったために、フリードやジュート卿、バゼラルドにも迷惑をかけてしまっている。

自分の呪いの解呪のために好きでもない女性を抱き、しかも犯人探しまでなんて……。

それをすべてフリードに委ねてしまっていいのだろうか？

前世では毒殺、今世でも呪いで殺されるかもしれない。いったい神様はどうして私に前世の記憶を取り戻させたまま、生まれ変わらせたのだろう。

「リリスには怖い思いをさせてしまったね。だが君のことは必ず守ると約束するよ」

顔を上げると、リリスが考え込んでいる間に、フリードは簡素なシャツに身軽な乗馬用ズボンに着替えていた。

すっきりとしたいで立ちは、長身の彼にとても良く似合う。

どんな装いでもたちまち目を奪われて恋心が疼き始める。リリスは彼の姿を見ないように視線を逸らした。

「――そ、そんなことありませんっ。私の方がフリード様にご面倒なことばかり……」

意気消沈して俯《うつむ》くリリスをフリードがいきなり抱き上げた。

「きゃっ」

「君に見せたいものがある」

「――えっ？　でも寝間着で……」

「近くだし、皇帝以外、誰も行かない場所だから構わない」

フリードはリリスを抱いたまま部屋のテラスから庭に下りると、入り組んだ道を進む。

すると横長の大きな石造りの建物が見えた。

南に面したファッサードにいくつも大きな嵌めこみ窓が並んでいる温室《オランジェリー》のようだった。

仮面飾りの凝った装飾が施された柱頭が、アーチ状の嵌めこみ窓の間に整然と並び、離宮といっても差し支えないほど、美の粋を集めた建物だった。

「まぁ、なんて美しいオランジェリーなの」

「私が即位してから造らせたものだ」

──意外だった。フリードは、武芸に秀でていることで名を馳せている。

けれども、お花を愛で育てたりする一面もあるのね。

植物に造詣が深いのだろうか。

地面に下ろされたリリスは、フリードに促されて早速、温室の中に入った。

所々にオレンジなどの柑橘系《かんきつけい》の木があり、たわわな実がなっていて爽やかな香りに包まれた。目でも香りでも愉しめる。

ここでお茶を飲んだらどんなに気持ちがいいだろう。

「……わぁ……」

奥に進むとオランジェリーの中心は広い円形になっており、淡い紫の小花が咲き乱れていた。どこか見覚えのある花だ。なぜだか懐かしいような……？

「シオンの花だよ。種まきの時をずらしているから一年中咲いている」

「あ……。以前、お見舞いにいただいたお花ですね」

そういえば、フリードがロゼリアに来訪した時、リリスが風邪を引いてしまい出迎えができなかった。その時、たしかフリードがこのシオンの花束をお見舞いにくれたと思う。この温室で育てていた花なのね。

「フリード様は、このお花がお好きなのですか？」

――もちろん、温室まで作って育てているのだからそうなのだろう。

質問してしまってから、莫迦《ばか》なことを聞いたものだとリリスは自分に呆《あき》れる。

でも、フリードの答えは意外だった。

「――いや、好きではない。遠い昔の嫌な記憶を呼び起こすからね。だが、自分の戒めとして育てている。この花がある限り、自分の使命を忘れないようにとね」

「――フリード、さま……？」

一瞬、フリードが別人に見えた気がしてリリスは目を瞬いた。

見る人の目を潰してしまうのではないのかと思うほど、神々しいダークブロンドの髪に燃えるような金色の瞳。光の加減のせいなのか、一瞬、全く違う誰かに見えたのだ。

「だが、この可愛らしい花には罪はない。そういう面では、この花のことは気に入っている。薔薇にも引けを取らないぐらいいい香りがするだろう？」

フリードがシオンの花を一輪摘むとリリスの鼻に近付けた。

ヴァニラのようなふくよかな甘さのある香りだ。そしてとてもまっすぐでピュアな香り。その香りを嗅いでふと脳裏を何かが掠めた。なぜだか胸がぎゅっと締め付けられるような痛さを覚えた。

リリスが記憶を辿《たど》ろうとシオンの花を握りしめたまま微動だにしないでいると、フリードが笑った。

「――もう戻ろう。香りが気に入ったのなら花束にして届けさせるから」

「あ、は、はい……ありがとうございます」

フリードがますます分からない。

なぜ隣国の王女というだけのリリスを親密な交わりをしてまで、助けてくれるのか。どうして好きでもない花のために温室まで作って、まるでかけがえのない花のごとく、一年中絶え間なく花を咲かせているのか。

この花にはフリードにとって特別な意味がありそう……。

こんなに可憐で可愛い花なのに、嫌な思い出があるなんて悲しすぎる。

「でも、私はこのお花、好きです。眺めているだけで和みますし、手をかけて心を籠めて育てないと、こんなに良い香りにはならないと思うので。自分で摘んでもいいですか？」

「――っ、も、もちろん……」

フリードが柄にもなく、照れくさそうに頬を紅潮させた。リリスは気がつかない振りをして両手にいっぱいのシオンの花を摘んで振り返った。

なぜかこの花にまつわるフリードの嫌な思い出を払拭したくて笑顔で微笑んだ。

――私も呪いなんかには負けない。神様だか正教会だかがどんな企みをしているか知らないけど、せっかくリリスとしての命を与えられたんだもの。

今生を生き抜いて幸せになってみせる。

だからフリードにもこの花にまつわる過去の嫌な記憶は忘れて、これからの人生を楽しく生きて欲しい。

「――両手から零れ落ちそうじゃないか。欲張りだな」

フリードがリリスを見てぷっと吹き出した。

「だって、気に入ったんですもの。それに砂糖漬けにしたら美味しそうよ?」

「だからそんなに摘んだのか?」

「もちろん、これでクッキーやケーキを作ったら差し上げますね。はい、半分持ってください」

リリスが花束の半分をフリードに差し出す。

半ば強引に花束を押し付けられたフリードは、一瞬虚をつかれたようにシオンの花を眺めていたが、それを受け取ると、今までに見たことがないほど破顔した。

「――まさか君のほうから花束を貰えるなんてね」

「どういう意味ですか？」

「このヴァイシュタットでは、好きな相手に求婚するときに、一つの花束の半分を渡す風習があるんだ。相手が受け取れば、求婚を受けたことになる」

「――うそっ。知らなかったの。か、返してっ」

「もう受け取ってしまったから、なしにはできないよ」

「――ひどいっ！　だって知らなかったんだもの。今のはなしですよっ」

リリスはフリードから花束を奪い返そうとするが、フリードは受け取った花束をさっと高く掲げて返す気配がない。

「もうっ、意地悪ですっ」

「リリスが可愛いから、つい揶揄《からか》いたくなる」

いつもはひっそりと静かなフリードのオランジェリーは、二人の笑い声で溢れかえっていた。


……＊……………＊……………＊……

リリスが呪いをかけられてから数日、日中はフリードの部屋に匿われ、夜ごと呪いの解呪のために彼に抱かれていた。食事もフリードに供されるものと同じものを提供されるようになり、ひとまず毒殺など、身の安全は確保されつつあった。

するとと人間、困難な状況に陥っても慣れというものは恐ろしいもので、リリスは誰かに命を狙われているというのに、広いとはいえフリードの部屋に日がな一日籠っているのは息が詰まってきた。

「ああ、もう……っ。フリード陛下の部屋から出られないだなんて。自由に歩き回りたい！　せっかくこんなに大きな庭園があるのだから、あちこち散歩したいし、王宮の図書館にも行ってみたいのに……ッ」

リリスは、大きな長椅子の上のクッションをむぎゅっと抱きしめながら、我慢も限界とばかりに脚をバタバタさせた。

するとちょうど侍女のウィラが足取り軽く部屋に入ってきた。

「ふふふ、王女様、朗報ですわよ。ジュート卿に王女様が部屋から出られずに塞ぎこんでしまっているとお話しましたら、すぐにフリード陛下にご相談くださって、護衛をつけること、事前にどこに行くか許可を得れば陛下の部屋から外出されてもいいそうです。ただし、この部屋以外での飲食は禁止だそうですが」

「わっ！　ほんとう？　飲食なんかより自由に庭園に散歩に行ったり、大陸随一の蔵書を誇る王宮図書館に行きたかったの。調べ物もしたかったし。そうときたら早速、行きたいわっ」

リリスはまるで子犬のように見えない尻尾を振って、そわそわし始めた。

「ふふ、ようございましたわね。あ、お見舞いのお手紙がきておりましたわ。こちらでございます」

「私に？」

ウィラから三通ほどのお見舞いの手紙を受け取ると、くるりと向きを返して差出人を確認した。

「わ、懐かしいわ。女学校が一緒だった王女たちからの手紙だわ。彼女たちもこの花嫁選びの舞踏会に参加していたのね」

リリスは十二歳から十八歳まで、遠方の国にある王族や貴族の令嬢専門の女学校で寮生活を送っていた。学生時代は意図的にあまり親密な友人関係を作らなかったが、それでも親しくしていたごく少数の王女たちは、皆、遠方の国々の王女だったため、卒業してからは殆ど交流がなかった。

でも彼女たちも招待されていたようで、手紙には花嫁になりたい気持ちはないけれど、この機会にヴァイシュタット王国まで旅行できるし、女学校時代の友人たちにも会えると思って参加したようだ。

「いいなぁ……。私はお父様から花婿を見つけて帰るように厳命があってしかたなく来たというのに」

「……リリス様。女官から聞いたんですが、ルヴィーナ王女様やそのお取り巻きの王女様たちは、リリス様が体調を崩されているのを聞き及んで、リリス様には花嫁の資格がないと言いふらしているようですわ。妃となる王女は、まず第一に体が丈夫でないと世継ぎが産めないからと……」

　初対面のお茶会での対応がまずかったせいか、なぜかルヴィーナ王女一派に敵対視されてしまっているリリスは、溜息を吐いた。

「どうして目を付けられちゃったのかしら。王女様たちとのお付き合いも面倒なものね」

　一瞬、自分を呪ったのがルヴィーナ王女ではないのかと思ったが、リリスはその考えを打ち消した。

　まさかルヴィーナ王女がリリスを呪うことなどあり得ない。

　なぜならリリスはルヴィーナからすれば、フリードの花嫁には一番ほど遠い王女なのだ。

「リリス様、いいお考えがございましてよ。女学校時代のご学友の方々を、フリード陛下に許可を取ってこの王宮にお招きしてみては？　リリス様が病弱じゃないこともアピールできますし、ルヴィーナ王女様たちの新たな情報も手に入るのではないでしょうか？」

「うーん、そうねぇ……」

　リリスにとって病気にかこつけて花嫁選びの様々な催しを欠席するほうが、肩の荷が降りる。

でも、他の王女たちと話をすることでこの呪いをかけた犯人が誰なのか、彼女たちからなんらかのヒントを得ることができるかもしれない。

「それもいい手かもしれないわね。犯人の情報が何か分かるかも」

そこでリリスはお見舞いのお礼と称して王宮内の応接間を借りて、女学校時代に面識のあった王女たち何人かと短時間ではあるが会って話をしてみることにした。

――そして数日後。

「わぁ、リリス！　女学校以来よね、お久しぶり。お招きありがとう。お風邪を召したと聞いて心配していたのよ」

「あらっ、目の下にうっすらクマがあるのでは？　首元にもいくつか赤い発疹《ほっしん》が……。お薬が合わないのかしら？」

リリスは久しぶりに旧友と会って懐かしいと同時に、思わぬ指摘にドキッとした。

――やっぱり女友達は目ざといわね。

実を言うと、昨夜も朝方までフリードに抱かれ、しかも首にも吸われた痕が点々と残ってしまっていたようだ。

――やめてと言ってもやめてくれるフリードではない。

その部分にウィラが白粉《おしろい》をたっぷり塗って隠してくれたのだが、徒労に終わったようだ。

「まぁ、あはは。あの、これは虫刺されで……。庭園が近いせいか、しつこい虫が多くて」

フリードを虫呼ばわりするのは忍びないが、誤魔化すには致し方ない。

「そ、それよりどうぞお座りになって。皆さん、女学校以来ね。みんなお元気そう」

ひとしきり女学校時代の話が盛り上がった後、話題に上るのは、花嫁選びの舞踏会のことだった。

するとやはり花嫁候補の最有力候補として名前が挙がるのはルヴィーナ王女だ。

「最近のルヴィーナ王女は、取り巻きの王女たちと熱心に正教会に通っているそうよ。私は誘われたんだけど、お断りしたの」

「正教会に？　なんでまた……」

「なんでも、今の正教会の教皇がルヴィーナ王女の国のご出身らしいの。母国の後押しもあって、ヴァイシュタット正教会に多額の寄付をしたり、熱心に通ってヴァイシュタットの民のために祈りを捧げたりしているらしいわ」

「すっかり皇妃のように振るまっているのね。正教会も教皇が同じ国の出身だからか、ルヴィーナ王女が来ると、教皇自らお出迎えをして枉駕《おうが》来臨《らいりん》の大歓迎なのですって」

「まだ婚約してもいない他国で、そんな風に振る舞うのはいかがなものかしらね」

彼女たちの話しぶりから、少なくともルヴィーナ王女や彼女をもてはやす教皇にあまりいい印象を持っているようではなかった。

「でもね、フリード陛下は今のところ、毎晩のように開催されている花嫁選びの舞踏会には一切、参加していないの。漏れ聞いた話では、この花嫁選びの舞踏会の最後の舞踏会で、フリード陛下の花嫁が発表されるらしいわ」

――たぶんそれは自分のせいだ。

呪いの解呪のために毎晩、私を抱かないといけないから、フリードは舞踏会に参加できないのだろう。

でも、花嫁選びの最後の舞踏会は、満月の夜の後、つまりリリスの呪いが解けた後になる。

――もしかして……私にも望みがあるのかしら？

期待してはいけないと分かっているのに、リリスはなんだか胸が騒いだ。

旧友との再会は、犯人探しでは思った成果はなかったものの昔話に花が咲き、リリスにとっては久しぶりに屈託のないお喋りに、あっという間に時間が過ぎた。

だが、旧友たちとの再会に興じているばかりではなく、リリスは自分のために犯人探しをしてくれるフリードやジュート卿、バゼラルドに少しでも協力したかった。

そこでリリスは、護衛をつけるという条件をのみ、日中はフリードの寝室から元いた自室……、といってもフリードの寝室の隣の部屋なのだが、そちらで過ごすことにした。

フリードの寝室では、彼が不在でもそこかしこにフリードを感じてしまい、どうしても落ち着かない。

彼がいなくても、漂う空気にさえフリードの気配を感じ、肌が粟立つのだ。

ようやく違う部屋に移り、ほっと胸を撫でおろした。

「じゃあ、早速、王宮の図書室に行ってくるわね」

護衛を連れて移動するとものものしく目立ちそうだが、そこはフリードの指示もあってか、少し離れた所から目立たないようにきっちりとガードしてくれていた。

出歩けるのは日中の限られた時間しかないけれど、何か変わったことはないか、呪いのことについてなど古い文献を読《よ》み漁《あさ》り始めた。

するとあっという間に時間が来てしまった。

「あ――あ、やっぱりそう簡単には行かないわね」

リリスは積み上げられた文献の山を見て、がっくりとうなだれた。

呪いなど特秘されているような案件は、やはり公になっているような本ではめぼしい答えは見つからない。

けれどもヴァイシュタット正教会の教皇と、皇帝であるフリードの微妙な関係性はある程度把握できた。

ヴァイシュタットの古い歴史書を読むと、数百年前に正教会の教皇が皇帝を弑して王権を奪い、新しい神聖皇国として権力を握ろうと画策した大事件もあった。

時の王がその企みを未然に防ぎ、教皇を捕らえて事なきを得たとある。

その史実はこの間、フリードたちが言っていたことと繋がる。きっと当時の正教会は禁止されている呪術を当時の皇帝に使おうとしたに違いない。

もしも正教会の仕業だとしたら、それがなぜ今回、リリスに使われたのか。

そこが解せない。

——もしかして人違い？

リリスはフリードの婚約者でもなんでもないからだ。

はっきりいって呪術をかける相手を間違えたんじゃないかしら？　と思う。

たとえば、将来の有力皇妃候補のルヴィーナ王女に呪いをかければ、呪いの解呪と引き換えにフリードと交渉ができるかもしれないのだ。

——まだ正教会が犯人と決まったわけではないけれど……。

リリスは分厚い本から視線を外して、ふと空を見上げた。

呪いの解呪の最後の日となる満月の夜まであと五日。

夜になるとこの腕に浮き出るどす黒い不気味な茨の蔦の紋様。それを消すために満月の夜まで毎晩、フリードの精を身体に受ければ呪いが解ける。

きっと今夜も……。

けれど、満月の夜がきて無事に呪いが解呪されれば、リリスがフリードに抱かれる理由は何もなくなる。

彼には迷惑をかけたことをお詫びし、すぐに母国に戻るのがいいだろう……。

花婿を連れ帰らなかったことで、父には尼僧院に入れられてしまうかもしれないが、フリードがどこかの国の王女様と婚約し、結婚するのを見るのはつらい。

それならばいっそ、外界とは遮断された尼僧院に入った方がマシではないのかと思うようになっていた。

リリスが重い溜息をつくと、侍女のウィラが迎えに来た。リリスは口数少なくウィラの後について部屋に戻る。

するとと少し元気のないリリスに、ウィラが明るく話を振った。

「リリス様、今夜の仮面舞踏会は、どのドレスにしましょうか？」

「仮面舞踏会？……あ、そういえば……」

王宮では、毎晩のように舞踏会が開かれているが、今夜に限ってはフリードの命で趣向を変えた仮面舞踏会が開催される。

仮面だけではなく、参加者が思い思いの仮装をして参加してもいいそうだ。

王女たちは何日も前から、創意工夫を重ねたドレスを準備しているらしいが、リリスは特に何も準備していなかった。

「目立たないドレスならなんでもいいわ」

「まぁ、そんなことおっしゃらずに。せっかくフリード陛下がリリス様の為に仮面舞踏会をこの王宮で催して下さるんですもの」

――そうなのだ。

リリスがこの国に来て一度も舞踏会を楽しめず、暇さえあれば図書館に閉じこもっているのを不憫《ふびん》に思ったらしい。

たぶんウィラがジュート卿に進言し、フリードが気を使ったのだろう。

素性を隠して楽しめる仮面舞踏会を今夜、この王宮で開いてくれることになった。

しかもフリードがお忍びで参加するのではという噂まで持ち上がった。

もちろん花嫁選びに参加した王女たちも大喜びで、旧友たちによると、ルヴィーナ王女も含め、皆、その話で持ちきりだったそうだ。

なにしろ、仮面をつけたフリードと踊れるかもしれないのだから。

だが、それは厳密にはリリスの為じゃない。

先日、ジュート卿がこぼしたのだが、この機会を利用してフリードも仮面をつけて素性を隠して王女たちと踊り、リリスを呪った犯人の糸口を摑むのだそうだ。

「ウィラ、誤解しないでね。この仮面舞踏会は私のため……というよりも、私に呪いをかけた犯人を見つけるためなの」

「それでも仮面舞踏会は仮面舞踏会ですわ。楽しまなきゃ損ですよ。ほら、陛下はこんなに素敵な仮面を贈ってくださったのですし、きっと今夜、仮面をつけたフリード陛下と踊れますよ」

ウィラはまるでリリスの心を読んだように、片目をパチンと瞑った。

リリスはウィラに隠していたフリードへの恋心を感づかれたのかと思って思わず耳を赤くした。

殿方は生理現象……で、精を放つために娼館に行くこともあるという。だから好きでもないリリスを毎晩抱くこともフリードにとっては、苦ではないのかもしれない。

――でも自分は……。

考えると胸の奥がしくりと痛む。

きっと私は、たとえ自分の命がかかっていたとしても、思いを寄せてない人とは睦みあうことなんてできないのではないの？

呪いを解呪してくれる相手が、もしフリードでなければ甘んじて死の運命を受け入れていたかもしれない。

確かにウィラの言うとおり、今夜の仮面舞踏会が最初で最後のフリードとダンスができるチャンスになる。

ずっと小さな頃から、いつかフリードと舞踏会で踊る夢を胸に思い描いていたのだもの。

「……そうね、ウィラの言うとおりね。舞踏会は好きではないけど、仮面舞踏会なら素性は明かさないから楽しめそう。シオンのお花の色をしたサテン地に繊細なカヌレ織を組み合わせた少し胸の開いたドレス……。あれにしようかしら？」

するとウィラがぱっと顔を綻ばせた。

こんなに自分を心配してくれるウィラの為にも、元気を出さなければ。

「それがいいですわ！　陛下が贈ってくださった仮面ともぴったりですね。あ、いけない！　フリード陛下からもう一つ贈り物が届いておりましたの。ブルートパーズのネックレスだそうです」

部屋に戻るとウィラが恭しく長方形のヴェルヴェットの箱の蓋を開ける。するとまるで深い海と澄み渡る空の色を混ぜ合わせたような、澄んだブルートパーズの玉が連なったネックレスが現われた。

リリスが選んだシオンの花の色のドレスとぴったり似合いそうだ。

「……なんて素敵。でも私がいただく理由がないわ」

「フリード陛下から、今夜の仮面舞踏会にこのネックレスを着けてきてほしいとの伝言がありましたわ。きっとリリス様だと見分けがつくようにじゃないでしょうか。護衛の騎士も仮装して参加するそうなので、リリス様をお守りするためのように思われます」

――なるほど。

確かにこの希少な大粒のトパーズのネックレスは目にも鮮やかな色をしているから、すぐに自分がリリスだと識別できるだろう。

身に着けるのを断って、もし私の身にまた何かあったら……。

これ以上、何かことが起こって、フリードに迷惑をかけたくない。

「……ウィラ、着けてくれる？」

「もちろんでございますとも」

リリスは素直にブルートパーズのネックレスを首の後ろでウィラに留めてもらった。

「まぁ、良く似合って……お綺麗ですよ」

まるでリリスのために誂えたかのように、それはほっそりした首によく似合った。

よく考えたら、ネックレスの贈り物を殿方からいただくなんて初めてだ……。

――意味なんてないのに。

ただ、自分を識別する目印にするためのものなのに。

それでもリリスは嬉しくて、見事なブルートパーズの粒に指先をあてがってその感触を楽しんだ。

第六章　仮面舞踏会

——なんて豪華なの。

思わずリリスは、歓声をあげそうになった。

いくつものシャンデリアが連なる煌びやかな明かりの下で、すでに王宮の大広間は百人以上の人がひしめき合っている。

それぞれが趣向を凝らした仮装に身を包んでいた。

王女たちや貴婦人は、古《いにしえ》の女神や妖精のような衣裳《いしょう》や、童話に出て来るような愛らしい羊飼いの女の子、尼僧院のシスターの恰好など、各人各様に工夫を凝らしている。

殿方は神話さながらの雄々しい軍神の衣裳を纏っていたり、エキゾチックな東方の国の王の仮装、頭に本物と見まごうばかりの狼《おおかみ》や熊の被《かぶ》りものを身に着けた獣人のような姿をしている者たちもいた。

特に目を引いたのは、なんとヴァイシュタット王国のフリード王に似せた仮装をしている殿方が多くいたことだ。

背に翻るヴァイシュタット王家の紋章の入った長いマントに軍服姿というフリード国王の正装に身を包み、黄金色の鬘《かつら》を被っている。

——フリードは人気なのね。

彼らのフリード然としている姿に、リリスも思わずぷっと吹き出してしまった。

こんなにフリードに似せた殿方がいては、本物のフリードが誰なのか分からない。

まるで沢山のフリードの中から、本物のフリードを見つけ出す余興のような状態だ。

リリスは笑いのツボに嵌まってしまい、あちこちにいるフリードを見ては、ひとりでクスクスとお腹を抱えた。

でも、たとえフリードに似た格好をしていても、リリスにはこの中の誰も本物でないと分かる。

——が、その時、ひときわ背が高い黄金の髪の男性が目に入った。

その男性は、いかにもヴァイシュタットの王だと主張したフリードの仮装ではない。

輝く黄金の髪を一つに結び、目立たない全身黒衣の騎士姿に、シンプルな黒い仮面をつけた殿方だ。

注意深くその男性を観察すると、瞳の色もフリードと同じ黄金色で、リリスははっとする。

——あの純金のような瞳は……、まさか、本物のフリード？

彼は神話に出て来る愛の女神《ヴィーナス》の仮装をしたルヴィーナ王女にダンスを申し込むと、舞踏会場の中央で華やかに踊りだした。

誰もがうっとりと二人を見つめ、二人がフリード王にルヴィーナ王女だと囁き合っている。会場の注目を集め、どう見てもお似合いの二人だった。

ときおり彼はルヴィーナ王女にそっと耳打ちし、互いに微笑みながら、お互いの身体をぴったり密着させてワルツを踊っている。

どことなく漂うオーラや高貴な気品が、他のフリードの仮装をした殿方とは一線を画していた。

さりげない黒騎士を装ってはいるが、あれはきっとフリード本人だ。

ルヴィーナ王女も女神の衣裳を身に纏っているだけで、仮面は付けていないため、すぐに彼女だと分かる。

フリード本人がルヴィーナ王女と踊っているのだと分かり、リリスの胸に暗雲がたちこめたような気分になった。

——だってこの舞踏会は、フリードが多くの王女様と踊って情報を手に入れるためのものだもの。きっと彼は、ルヴィーナ王女だけでなく、他の王女ともたくさんダンスをするのだろう。

つんとした痛みが鼻の付け根や目に込み上げてきて、リリスは舞踏会場からぱっと踵《きびす》を返した。

——やっぱり部屋に戻ろう。

フリードが他の王女と次々と踊る中で、仮面舞踏会を楽しめるわけがない。

込み合う舞踏会場をようやく抜けて廊下に出ると、リリスは小走りで自室へと急ぐ。

角を曲がったところで、唐突にぐいと腕を摑まれ人気のない小部屋へと引き込まれた。

「いやっ！　だ、だれっ……？」

「しーっ、大きな声を出さないで」

カチャリと内鍵をかけた男がリリスの顔を覗き込んだ。黒い眼帯で片目を覆い、逞しい身体にぴったりした褐色の上着《タブレット》を羽織り、腰には細身のサーベルを下げて、まるで海賊のようないで立ちをしている。

けれども濃いダークブロンドの髪や、純金を溶かしたような黄金の瞳は紛れもない、フリードその人だった。

「ふ、リード……？　え？　だってルヴィーナ王女と……、今さっき……、一緒に踊っていたのでは……？」

「リリスまで僕を間違えるなんて酷いな」

フリードは眼帯を外して口元にゆっくりと笑みを浮かべた。すぐにリリスの手を引いて部屋の一角にある大きなバルコニーへと誘う。

ちょうど向かいには、舞踏会場の大きなフランス窓や広いテラスが見えた。ワルツの音色や人々の騒めきも、風にのってこちら側にまで聞こえてくる。

まだ陽が沈んでおらず、中で踊っている楽しそうな人々の姿もよく見える。

もし開催時間が夜だったら、リリスは身体に呪いの紋様が現われてしまうため、舞踏会には参加できなかっただろう。

でも、フリードがリリスも楽しめるようにと開催時間を早めたのだとジュート卿が教えてくれた。

「おいで」

フリードはリリスの手を引いて、バルコニーの奥へと連れて行く。

空はまだ明るいが、そろそろ黄昏《たそがれ》色に変わり、一番星がもうすぐ煌めこうとしている。

あたりは幻想的な情景に包まれていた。

「リリスには秘密を教えよう。大広間で踊っている僕とそっくりの男は……ジュートだ」

「――っ、うそ。だって、黄金色の髪に金色の瞳で……」

「バゼラルドの魔法薬で、瞳の色も髪の色も、僕そっくりの黄金色に変えさせた。ジュートには、今宵、舞踏会に集っているたくさんの王女と踊り、僅かな情報でもいいから聞き出すように指示した。僕の仮装をさせてね。リリスには、あれが僕じゃないと分かると思ったんだが……」

リリスはほっとすると同時に、バツが悪くなって目を伏せた。

「だってあの、そっくりでしたし……。その、まるで陛下ご自身が目立たない黒騎士に扮《ふん》装《そう》したかのような巧妙な仮装で……」

「ふ、だろう？　ジュートの考えでね。まるで僕が人目を憚って変装したような仮装にすれば、みんなそれが僕だと勘違いするだろうとね。でも僕の身体を隅々まで知っているリリスまで間違えるなんてショックだな」

「すっ、すみずみ……って、あの、きゃっ」

「間違えた罰はあとで。まず踊ろうか？　ここは大広間の楽団の音がよく聞こえるだろう？」

ぐいっと腰を引かれ、フリードにぴったりと腰を密着させられた。びっくりして見上げると、リリスを見下ろすフリードと目が合った。

「リリス王女、ワルツを一曲いかが？」

どぎまぎと慌てるリリスを見て、笑みを嚙《か》み殺《ころ》したフリードが片手を流れるように差し出した。

――頬が火照る。

ワルツの調べよりも煩《うるさ》く鼓動が騒いでいる。

リリスはそっと手を伸ばしてフリードの手に重ね合わせる。力強く握りしめられ、胸がじんと熱くなった。

その手をそっと引かれリリスの身体がフリードの腕の中に収まると、二人は音楽に合わせて腰を揺らめかせた。

広いバルコニーはまるで二人だけのダンスフロアのよう。

リリスはあまりに凝視して不自然に思われないよう、フリードをそうっと見上げた。

空の黄昏色に包まれたフリードは、これまで夢で思い描いていた彼よりもずっと素敵だった。

黄金の髪が優しく風になびき、すっきりした鼻梁《びりょう》は清々《すがすが》しさを感じさせる。

すっと一文字に伸びる濃い金色の眉毛は、彼の揺るぎない信念が現われているようだった。

幼い頃のフリードへの気持ちよりも、もっとずっと彼のことが好きになっている。

腰に添えられた手の温もりが消えないようにと願いながら、リリスはこのひと時をただ彼のリードに身を任せた。

――このままここを離れたくない。

ヴァイシュタットを。そしてフリードのもとを。

けれど永遠にこのままではいられない。いつかは離れなくてはならないのだ。

――そう、次の満月の夜で最後だ。

リリスはきゅっと小さく唇を嚙んだ。

きっとこれがフリードと最初で最後のダンスになる。そう思うとよりいっそう胸にフリードへの恋心が溢れてきた。

瞳を瞬く間さえも惜しく思うほど、フリードを見つめる。すると気が付いたフリードが優しく目を細めてリリスに微笑みを返した。

ああ、フリードが好き……。

こぼれそうになる言葉をなんとか吞み込むと、少し息が苦しくなった。

――いやだ、息が切れている？

ずっとフリードとこのまま時を忘れて、夢のようなダンスを踊っていたいのに……。

また身体の芯が熱く火照ってきて――。

「――っ、リリスっ」

「……はぁ……んっ」

ふいに脚に力が入らなくなり、倒れそうになったところをフリードに抱きとめられた。

ちょうど西の空に陽が沈み、東から煌々と月が上ってきた。

また呪いの紋様が現われる時刻となってしまったようだ。

「……りーど、さま……、ごめなさ……。身体が、熱くて」

「辛いだろう、喋らなくてもいい。今楽にしてやる」

フリードがリリスを抱き上げてバルコニーの片隅にある長椅子に横たえた。左腕に浮き出た呪いの紋様をいたわるようにさすりながら、リリスに唇を重ねる。

「さぁ、僕の唾液を吸うんだ。少し呼吸が楽になる」

フリードがリリスの舌に自分の舌を絡めて唾液を送り込んできた。まるで神の美酒のようにリリスはこくりと飲みこむ。するとフリードが言ったように呼吸がいくばくかしやすくなった。

なおもフリードの甘く宥めるような舌の動きに、リリスは強請るように小さく喉を鳴らす。

「いい子だ。今夜はここで可愛がってあげよう」

「――ここは、やぁ……、大広間のテラスから見えちゃ……います」

「向こうのテラスに今は人はいない。それにたとえいたとしても大丈夫、月灯《あか》りだけだし誰が誰かまでは分からないよ」

フリードがリリスのドレスの胸元を下げると、ぷるんとした白い乳房がまろび出た。

胸の先が痛いほどつんと尖りを帯びて、桃色に色づいていた。

「なんと食べごろの桜桃のようだ……。今夜もこの可愛らしい蕾たちを愛でてあげよう」

凝《しこ》って固くなった蕾をフリードが口の中に含んだ。ちゅっと吸われただけなのに、身体中に甘い痺れが走って、びくんびくんとあちこちが跳ねた。

だく。

「待ちきれなかったようだ」

もう片方の乳房も大きな手で包み込むと、その張りを堪能するようにやわやわと揉みしだく。

「ひぁう……っ」

含み入れられた乳首が、フリードの口蓋と舌に挟まれ、コリコリと程よく押し潰される。ときおりねっとりと舌先で捏ねられて、リリスは思わず甘い声をあげた。

——気持ちが良くて夢みたい……。

紋様が出ると確かに身体中が疼いて苦しいが、いっそう感じやすく感度が上がるようだ。まるで体の芯に火を灯されたかのような熱が宿る。

ちゅぱちゅぱと交互に乳房を含まれて、リリスはただ力なくいやいやと首を振る。

もちろん、本当はいやではない。それどころか、たぶん、もっと吸ってほしい。

膨れあがる熱い疼きに堪えかねて、リリスは発情した猫のように声をあげてすすり泣いた。

——ああ、こんなふうに淫らに豹変《ひょうへん》するなんて……。

だが、リリスの身体のもっと違うところ……下肢の付け根の奥がじんじんして、苦しくてやるせなくなる。

「大丈夫、ちゃんと悦くしてあげるから」

紋様が現れると自分が淫乱になってしまうのが恥ずかしくて堪らないのに、フリードはリリスの欲望を十分すぎるほど理解して、的確に満たしてくれる。

「そろそろリリスの下の蜜が溢れた頃合いだな……。今夜はリリスをもっと満足させるために特別なものを準備していたんだよ」

「特別な……もの？」

「これだよ」

フリードは、リリスの首に手を回してブルートパーズのネックレスを外すとリリスの目の前でしゃらりと振って見せた。

「それ……目印のためのネックレス……？」

「もちろん。けれど、今宵はリリスの熱を鎮めるのに役立つよ」

「熱を鎮める……？　どうやって……？」

「ふ、こうするんだよ」

「えっ……、や……っ、フリード様、バルコニーでは……もう、きゃ」

「問題ない」

フリードがリリスのドレスの裾を捲り上げ、大胆にもバルコニーで下穿《は》きを引き摺り降ろす。慌てて脚を閉じようとしても逆にグイと膝頭を開かれ下穿きを剝ぎ取られてしまった。

「ああ、とろとろ。こんなに蜜を溢れさせて……可憐な花びらがヒクヒクしておねだりしているよ」

「うそ……っ、見ないで……っ！」

「おっと、いいのかな？　そんなに大きな声を出すと大広間のテラスにいるやつらに聞こえてしまうかもしれない。ほら、誰かが向こうのテラスに出てきたようだ」

リリスが慌てて自分の手で口を塞ぐ。

耳をそばだてると大広間のテラスからは、数人の男女が朗らかに笑って戯れているような声が聞こえてきた。

「いい子だ。すぐにいなくなるだろうから、少しだけ声を我慢してごらん。ああ……リリスの花びらは今宵も綺麗に咲いているね。まずはそのまま可愛がってあげよう」

指で花びらをぱくりと開かれ、フリードの唇が近付いた。

「――っ、んっ……」

可憐な二枚の花びらを解すように舌で愛撫をはじめる。

襞の谷間を上下になぞるように舌先が蠢くたびに、リリスは手で口元を塞ぎ、あられもない声を出しそうになるのをなんとか耐えた。

「ん、甘い。柔らかでしっとりして……リリスの花びらは極上だ」

「……ふ、う……っんぅ……」

フリードは今度はゆっくりと舌先をなぞり下ろす。淫らにひくつく蜜口の入口を舌先で揶揄いはじめた。

蜜口にぬめった舌先が触れると、きゅっと窄まりフリードのそれを咥《くわ》えこもうとする。けれども意地悪くその寸前でフリードが舌先を抜く。すると期待に裏切られた蜜口が浅ましくひくひくと物欲しげに蠢動してとろりと蜜を垂らす。

「ふ、リリスはいやらしいな。甘い涎をこんなに滴らせて。花びらばかりでなくココも可愛がって欲しいだろう？」

「こ、ここ？」

「そう。リリスの感じるところ」

フリードが今度は割れ目の上にあるぷっくり膨れた秘玉を丸くなぞった。

「ひぁ、ひぃ――……っ、そこは、ぅぅんっ…………っ」

あまりに強烈な刺激が駆け抜け、全身がブルブルっと震える。

声を出してはいけないせいで、官能のうねりが胎内で行ったり来たりを繰り返している。どこにも快楽のはけ口がなく、楽になることができない。

リリスは行き場のない愉悦に悶えて泣きじゃくった。

「う……ひぅ……っふぅ」

「ああ、涙が出るほど感じてしまったか……。なんと可愛い。それに今日のリリスの蜜はいつもに増してものすごく甘い。さぁ、今夜はもっと感じさせてあげよう。このブルートパーズのネックレスで」

なぜかフリードが酷く背徳的なことを企んでいる気がして、リリスは咄嗟に首を横に振った。

「いや……、それで何をするの……？」

「大丈夫だよ。ブルートパーズは、魔除《まよ》けの効果もあるんだ。このネックレスはバゼラルドに特別に浄化の魔力を込めて作らせたんだよ。だからこれを使ってリリスの花びらや蜜壺をたっぷり浄化してあげよう」

——嘘でしょう。

リリスが信じられない思いで目を瞠ると、フリードの瞳がゆるく和らいだ。

「ああ、心配しなくてもいい。このネックレスの粒は完璧な円になっている。留め金も君の繊細な柔肌を傷つけるような金属はない。ほら片側にはなめらかなシルクの糸が付いていて、もう片方の粒に引っ掻《か》けて留めるように出来ている。だから安心だよ」

——そうじゃない。ちっとも安心じゃない。

新たな未知の刺激が加わったら自分は一体どうなってしまうのだろう。

それでも呪いのせいで淫猥な気持ちが湧き上がるのを抑えることができなかった。

理性では淫らな秘めごとを拒否していても、リリスの体内にうねる熱が欲を求めていた。

「いい子だ。リリスはただ感じていればいい」

熱っぽい瞳でリリスを見下ろす。フリードが淫蕩に微笑みながらリリスの脚を大きく開いた。

手にしていたブルートパーズの丸い粒をリリスの熱い中心へとあてがう。

「……んっ」

ひんやりした固い感触のものが熱い秘玉を冷ますように触れる。

その温度差だけで、リリスは軽く果ててしまい、快楽の余韻で指先やつま先がぴくぴくと戦慄いた。

「気持ちいいだろう？」

フリードは容赦なく、くりゅくりゅとブルートパーズと秘玉を一緒に捏ねだした。

「ああっ、いや、それ……、ダメです……」

息を荒くしながら、首をいやいやとうち振るう。

だがフリードは口元を引き上げながら、ぷっくりと熟れたリリスの肉粒をトパーズ玉で繰り返し擦り上げる。

玉と秘玉がくりゅくりゅと交じり合って、どれが自分のものなのか分らなくなる。

――こんな快楽は知らない。

こんなに感じていては恥ずかしくて堪らないのに、身体はフリードにされるがまま、トパーズ玉がぬちゅぬちゅと擦れるたびに官能の渦に溺れてしまう。

「ああ……い、いっちゃ……んぁっ」

リリスの全身がビクビクと大きく蠢動した。吹き上がる快楽が強すぎて意識が薄れそうなほどだ。深まる快楽に、堪らない気持ちになる。

ブルートパーズの玉が蜜と混じってぬるぬると滑り、あらゆる角度からリリスの秘玉を刺激する。

「はぁ……ぅ、また、イっちゃ――……っ」

リリスは全身を熱く火照らせて、トパーズ玉の淫らな動きに耽溺《たんでき》した。

いやらしく腰を揺らめかせ、知らず知らずのうちにお強請りしてしまうほどに。

「はぁ……ぅ、あぁ……、そこ、んっ」

「ふ、いやらしい蜜がどんどん溢れてくる。リリスの官能が高まるほど、呪いも浄化されるんだよ。今度は内側から浄化してあげよう」

「ひぅ……、っ、う、内側……？」

「そう、君の可愛いここの窄まりの奥にね」

「そこは……どうか、お許しください」

そうは言ったものの、蜜口がもの欲し気にヒクついている。

――こんな反応、私じゃない。私にかけられた呪いのせいだ……！

「リリスの呪いを浄化するのに必要なんだよ。大丈夫、今までにないくらい気持ちよくしてあげよう」

花芽を捏ねていたトパーズ玉を今度は、蜜口に挿入する。端からひとつひとつゆっくりと挿入してリリスの蜜口が飲みこんでいく様をフリード自身も愉しんで見入っているようだった。

「ふ、まるで東方の美しい錦鯉《にしきごい》に餌付けをしているみたいだな。リリスの蜜壺が美味しそうに一粒ずつ呑み込んでいる」

「み、見ないで下さ……あっ」

粒が挿れらるたびに甘い愉悦が湧き上がってくる。

「ふ、一つ入れると、蜜口がきゅっと窄まるのが可愛らしい」

「いやぁ……、お願い、みないでぇ……っ」

リリスは思わず手で顔を隠した。こんな背徳的な行為は、恥ずかしくて堪らない。バルコニーで痴態を晒し、感じすぎて陶酔してしまっている。理性ではいけないと思っているのに、淫らにヒクヒクと蠢いている恥ずかしい部分など見られたくはない。

なのにトパーズ玉が挿入されるたびに、背筋を甘い感覚が走り抜けていく。

「かなり奥まで入ったよ。どう？　気持ちいいかい？」

フリードがトパーズ玉のネックレスをクイと引く。すると、膣肉がきゅっと窄まりトパーズ玉を離すまいとぎゅむっと咥えこんだ。

「ふぁ……あぁぁ……っ」

膣内で快感と疼きが綯《な》い交ぜになる。

蜜口が引き抜かれまいと、まるで生き物のようにトパーズ玉を喰い締める。自分のあられもないだろう痴態に、リリスは生きた心地がしない。

「おやおや、いけない子だ。ここの口はもっと太いものを寄越せと蜜汁を滴らせているよ。トパーズ玉と一緒に僕のモノをここに挿れたらどうなるかな？」

「――――っ、おやめくださ……あっ！」

フリードがズボンの前たてを寛げると、凶器のような雄々しい男根が勢いよく飛び出した。今夜はいっそう大きく膨れている。

「ごらん。リリスを見ているだけで、こんなに固く勃起してしまった」

フリードは天を向き張りつめて猛々しくそそり立つ竿の根元を握ると、先端をリリスの蜜口にあてがう。

「あぁ……んっ」

「リリスの下の唇にキスしたよ」

濡れそぼつ蜜口からしどとに蜜汁が零れ落ちた。フリードの楔を早く呑み込みたそうに内部がうねって苦しいほどだ。

「おやおや、欲張りなココには、ご褒美を挿れてあげないとね。――く、ほら、もう先っぽを呑み込んでいる」

「ひぁ……、あ……、あ……んっ、んっ――……っ」

「リリス、一緒に気持ちよくなろう」

張りのある長い雄幹が、肉襞を分け入りリリスの蜜洞へとゆっくりと沈んでいく。窮屈な蜜洞は太い男根に圧迫され、トパーズ玉がぐりっと膣壁に食い込んだ。

フリードが肉竿を前後に揺さぶると、トパーズ玉がごりごりと膣肉を擦りあげる。

「はぅ……ッ、あぁ……、んっ……」

今まで味わったことのない背徳的で重い快楽に、リリスは膣が蕩け落ちてしまいそうになる。

根元までずっしりと重くて太い雄茎をトパーズ玉と並行に挿入された。リリスは経験したことのない、天に昇りつめるような強烈で甘美な陶酔に呑み込まれ、意識が飛びそうになり、口の端から小さな泡を吹く。

感じすぎておかしくなってしまったらしい。

――この感覚は、呪いのせいなの？

「もっと極みを味わわせてあげるよ」

フリードが勢いよく腰を引くと、トパーズ玉も一緒にゴリゴリゴリッと膣肉を淫らに滑る。何度も入れたり出したりを繰り返し、ずちゅずちゅと卑猥な蜜音をたてながら、フリードも腰を淫らに前後させた。

「く……、なんと気持ちのいいことか」

フリードも快楽を得たようで、艶めいた表情でリリスを見下ろし腰を穿っている。

「堪らない。リリスの膣がぎゅうぎゅう締め付けて悦んでいる。ほら、肉棒をぎりぎりまで抜くと、トパーズ玉も一緒に動いて気持ちいいだろう？」

フリードに問われてリリスはただ、コクコクと頷いた。

「……だがリリス、我が男根とトパーズ玉、どちらの方が気持ちいいのかな？」

「ああっ……、そんな……、あ、それ、いやぁぁ……っ」

フリードが淫らに腰を前後に強く揺する。

存在感があり得ないほどの、固くて張りのあるフリードの男根。その長い肉竿の芯に沿ってトパーズ玉が敏感な粘膜をごりごりと刺激する。

雄々しい肉棒がトパーズ玉と一緒に膣肉を攪拌《かくはん》するたび、リリスの頭の中で何度も白い閃光がはじけた。

声を出してはいけないことなど、とっくに頭から抜け落ちている。夜空に上る月に向かって淫らな啼き声をあげながら、肉棒とトパーズ玉の容赦ない擦り上げに、何度も意識が果てへと飛んだ。

「――く、裏筋にトパーズ玉が当たってなんと気持ちの良いことか……」

いつも余裕なフリードも、色香漂う苦悶《くもん》の表情を見せ、ぬちゅ、ごりっと淫猥な音を立てて、何度も滾った肉塊を激しく突き上げた。

「あんっ、あぁ……、フリード、さま……」

「そなたの感じている姿、堪らない……」

耳元で熱く囁かれる。

高まる熱に下肢が蕩け落ちてなくなってしまいそうだ。フリードは何度も腰を打ち付けてから、とどめを刺すように、最奥をゴリっと突いた。

「ふぁ……あぁぁ……っ」

トパーズ玉と亀頭が子宮口を抉る。

まるで全身に快楽の淫水を浴びせかけられたように、リリスの身体が至上の歓喜に沸いた。

膣どころか身体中がとろとろの液体となって蕩け落ちてしまったかのようだ。

リリスが頂点を極めた瞬間、男根がびくびくと胴震いして夥《おびただ》しい精を迸らせた。

フリードの今まで聞いたことのない雄の咆哮《ほうこう》のような唸り声が耳を掠める。

「く――っ、リリスっ」

「あぁぁぁ……っ。フリードさ、ま……」

熱い精がびゅくびゅくと注がれる。胎の中にたっぷりと満たされると、リリスはぐったりして夢うつつになった。

「いい子だ……。悦《よ》かっただろう？　リリスの腕の紋様も消えたよ」

フリードが重たげな自身の男根とトパーズ玉と一緒に引き抜いた。二人の情事の痕跡を見せつけるように、リリスの前にトパーズ玉を差し出した。

蒼《あお》いトパーズ玉が、とろとろの濃いミルクに塗《まみ》れている。

――これは、フリード様の……精？

でも、まるで子供の頃にお祭りで食べたアイスキャンディのように美味しそうだ……。

「リリス、たっぷり注いだから、トパーズ玉も私の精に塗れてとろとろだ。困った……。このままだと、君の首に戻せない」

フリードが、悪戯をした後の困った子供のように苦笑いする。

すると忘我を極めたリリスは、夢と現実の狭間を彷徨《さまよ》いながら、淫欲の余韻に浸っていた。

理性がうまく働かない。

とろんとした瞳で、吸い寄せられるようにトパーズ玉に舌先をのばす。

幼子がたっぷりとミルクのかかったアイスキャンディを舐めるように、舌先を差し出す。

白い淫らなミルクに塗れたトパーズ玉を舌で掬い上げて、チロチロと舐め始めた。

「――り、リリス？」

驚きで目を瞠るフリードをよそに、リリスはたっぷりと精のミルクの滴ったブルーとバーズのネックレスを一つ一つ口に含んで、熱心に美味しそうに味わった。

これと同じものが胎に注がれたのかと思うと、なぜか愛おしかった。

――碧《あお》い泉と草原のような味。

だが、いつしかリリスは舐めしゃぶりながら、思考も何もかもが白い霧に包まれ、いつしか自分が何をしているのか分からなくなっていた。

「君は……本当に……」

優し気で少し困った声が耳に響いた。同時にぐいっと身体が引き上がった気がした。

――抱き上げられた……？

けれどもそれ以上何も考えることができず、ただ逞しい腕とあたたかな温もりだけが、リリスに安心感を与えてくれていた。

……・＊・…………………・＊・…………………・＊・……

まったく、リリスにはしてやられたな……。もう彼女をいっときも手放したくない。

だが、そのためにも何としても彼女の呪いを解呪しなくては――。

仮面舞踏会から数日後、フリードはジュート卿を執務室へと呼び出した。リリスを取り巻く環境は、依然として黒幕が見えていないままだ。

相手の綿密さと狡猾《こうかつ》さがうかがえる。

「我が君、参上いたしました」

音もなく執務室へと入ってきたジュート卿にフリードは頷く。

「先日の仮面舞踏会での調査は進んでいるか？」

「はい、我が君、色々と興味深い情報が手に入りました」

涼やかな表情ではあるが、こう見えてジュート卿は抜け目ない。

あの仮面舞踏会では羽目を外した王女らが、普段は口外しないようなことまで口軽くジュート卿に話したという。

――正確には、自分の仮装をしたジュートだが。

フリードは、あの夜のことを思い出して口角をあげた。ルヴィーナ王女でさえ、自分に仮装したジュート卿を本物のフリード王だと思って疑わなかったという。

普段は言い寄る令嬢に興味のないジュート卿も、任務とあらば、女性を籠絡《ろうらく》するのも厭《いと》わない男だ。巧みな甘い言葉で、王女たちから情報を引き出すことなどお手のものなのだろう。

「すでに人払いしている、申してみよ」

漆黒の髪が微かに揺れ、涼し気な蒼い瞳が鋭く光る。

一見するとジュート卿は温和そうで人当たりが良く誰にでも人気がある。その上、眉目秀麗で、将来の宰相公爵として申し分のない貴公子だ。

だが、フリードはこの男が戦場では襲い来る敵の首をいとも簡単に切り捨てることを知っている。まるで進路をふさぐ邪魔な枝を斬るように。

フリードが唯一、戦場で背中を預けられる存在であるが、ある意味、背中を預けるのが最も恐ろしい相手でもある。彼の信頼を失えば、簡単に斬られることが分かっているからだ。

ジュート卿は、胸ポケットから紙のようなものを二枚取り出すと、テーブルの上に並べてみせた。

そのうちの一枚は、ルヴィーナ王女の絵姿だった。そしても一枚はヴァイシュタット正教会、最高位聖職者の聖ヘテロ・バルベルデ教皇の絵姿で、フリードは思わず片眉をあげた。

「我が国に到着して間もなく、ルヴィーナ王女は王都にある正教会の総本山、レムール大聖堂に頻繁に出入りされております」

「ほう、なんのために？」

「表向きはフリード陛下の花嫁選びの祈願と祝福を受けるために。毎回訪問する際は、属国の王女らを引き連れて祈願に参っております。ですが中に入ると、ルヴィーナ王女だけ別室に通されて聖へテロ・バルベルデ教皇の手厚いもてなしをうけるのだとか」

「――ふむ。手厚いもてなしか……。それは興味深い。しかも聖へテロ教皇はたしかまだ三十歳。出身はルヴィーナ王女の祖国、バスクームだったか?」

「はい、バスクームの密偵からの情報によりますと、聖へテロ教皇は、十六歳までバスクーム王国にある正教会の合唱団に所属しており、幼いルヴィーナ王女は、聖へテロの歌声に聞《き》き惚《ほ》れていたとか。よく王宮にも召して歌声を披露させるほど、心酔していたようです」

「――なるほど。二人は顔見知りだったんだな」

　ジュート卿は頷いてから先を続けた。

「聖へテロには、正教会内部で囁かれている黒い噂がございます。先代のヴァイシュタット正教会の教皇が不治の病に伏すと、次の教皇に最も近いとされていたのは、我が国出身の人望厚い聖職者でした。ですが、彼は正教会内部で頓死しております。そして次に教皇のお鉢が回ったのは、まだ若い聖へテロです」

「――それは知っている。当時、父王が調査したが、確固たる暗殺の証拠は出なかったと記憶している」

「左様にございます。正教会内部では、禁忌とされている黒魔術で呪い殺されたのではと、密かに囁かれておりました。僭越《せんえつ》ながら、私の推測ではバスクーム王が裏で糸を引き、バスクーム王お抱えの黒魔術師をヴァイシュタット正教会の内部に密かに送り込んでいたのかと」

「――もしかすると、その黒魔術師がリリスに茨の呪いをかけたのかもしれぬな」

「はい、強い呪いには、必ずその欠片《かけら》が残されております。呪術者の痕跡が残っているのです。バゼラルドがリリス様にかけられた呪いの痕跡を追ったのですが、巧妙に隠蔽されているようで手掛かりが摑めません」

ジュート卿が柄にもなく涼し気な顔を歪めた。調査に遅れをとったと思っているのだろう。

だがフリードは、今のジュート卿の報告からすでに黒幕について見極めることができただけで満足だった。

「今回の件に、バスクーム王が絡んでいるのは確実だな」

フリードもそれは当初から疑っていた。だが確実な証拠が欲しかった。

「はい、ルヴィーナ王女を手駒に我が国を乗っ取ろうとしているのではないでしょうか。以前より、婚姻の申し出があったのを我が君がすげなく断り続けるので、実力行使に出たものかと思われます。フリード陛下と王女を婚姻させ、世継ぎを成したところでフリード陛下を殺害。そして世継ぎの王子を傀儡《かいらい》にする計画でしょう。我が国の多くの人民が信ずる正教会も、教皇が聖へテロになり、ほぼバスクームの手中にございます」

「浅慮であからさまな実力行使だな。だがもしかすると、聖へテロの単独行動かもしれぬ。ここ数年、正教会の金の動きが目に余るので規制を強めていたが、いよいよ私が眼中の釘《くぎ》になったようだな」

「金だけではなく、聖へテロは聖職者の風上にも置けないかと。密偵の話では、目を付けた修道女を何人も夜に寝室に侍《はべ》らせたり、ルヴィーナ王女も訪問の際には密室に二人きりで籠るとか。それも小一時間ほど」

それを聞いてフリードは鼻を鳴らした。

「ふん、見境のない好き者だな。正教会にさらに密偵を潜入させて調べるんだ。ルヴィーナ王女の動向も詳細に報告するように」

「――御意。そう仰るかと思い、すでに正教会には数人の聖職者を潜り込ませております。また、すぐにルヴィーナ王女の側にも密偵を手配いたします」

「正教会はそなたに任せた。だが、バスクーム王はどうするか？　かの国に侵攻し王の首を掻き斬るのはたやすいが」

「表だって我が君が動くほどのことでもございません。寝首を掻くぐらいであれば、ご命令さえあれば今夜にでも実行できる手筈《てはず》になっておりますゆえ」

スッと手で自分の首を斬る仕草をしながら、秀麗な顔を嬉し気に歪めるジュート卿に、フリードは忠臣ながら心配になる。

――全く恐ろしい男だな。

いつかジュートが腑抜《ふぬ》けになるぐらいの令嬢を見つけてやらなくては。

「……そう急《せ》くこともなかろう。どのみち、明日はいよいよ満月の夜だ。これでようやくリリスの呪いを解呪することができるのだからな」

「そのあかつきには、めでたくリリス様をお妃にお迎えできますね。前世から我が君にお仕えしてきた念願が叶います」

フリードは執務室にいつも飾っているシオンの花を見つめた。

――そう、ジュートは前世でも自分の腹心の部下だった。

前世で王子だった自分は、好きな人の心を射止められて有頂天になっていた。その陰で、彼女が強い殺意を抱かれるほど妬まれていたことに、気が付きもしなかった。

それゆえ、結局、彼女を救うことができなかったのだ。

けれども今世こそは何があっても愛する人を救うと決めていた。

自分の力と権力を総動員して――。

フリードはシオンの花を一輪手に取った。

可憐な花は過去を鮮明に思い出させる。何もできなかった前世の自分を……。

「我が君は、前世と変わらず本当にシオンの花がお好きなのですね」

「……ジュート、どうして私が今世でも温室でシオンの花を育て、毎日執務室に飾っているか知っているか？」

「――お好きな花だからでは……？」

ジュート卿の言葉にフリードは、悲し気に目を伏せた。

「このシオンの花は、前世で彼女の好きだった花なんだ」

「……リリス様の……？」

フリードは静かに頷いた。

「戒めなんだ、自分への。前世で彼女を救うことができなかった不甲斐《ふがい》ない自分へのな」

そう答えた時、執務室の扉がバンっと勢いよく開かれた。

バゼラルドとリリスの侍女のウィラが蒼白な顔で飛び込んできた。

「陛下っ！　リリス様が正教会に捕らえられましたっ！」

「――なんだと？」

瞬間、フリードの脳裏に前世のリリスの姿が浮かぶ。

毒に倒れた彼女の姿が――。

フリードが血の気を失いぐらりと体勢を崩した拍子に、シオンを活けた花瓶が床に落ちた。

ガシャンと大きな音が響き、美しい陶器の花瓶が粉々に砕け散った。
可憐なシオンの花びらが、見るも無残なほど痛ましく床の上に舞い散っていた。

第七章　魔女裁判

「聞いてくださる？　仮面舞踏会の夜にダンスを申し込んできた殿方が素敵な方で」

「まぁ、どんな方？」

「色々お話をしていたら、彼はレザス王国の第二王子だったの。次の舞踏会では私をエスコートしてくださるって」

「きゃぁ、大進展ね。ねぇねぇ、私も聞いてくれる？　実はダンスをご一緒した方が、ヴァイシュタット王国の侯爵だったの。博識なのにお話していてすごく楽しい方で……」

仮面舞踏会の夜から数日後。

リリスは女学校時代の王女らの誘いで午後のお茶の時間を過ごしていた。もちろん、あの仮面舞踏会の夜の話に花が咲いた。

ある意味、格式を取っ払った仮面舞踏会という設定が良かったせいか、参加した王女たちにはそれぞれに新しい出会いがあったらしい。

かくいうリリスも、人生で一番幸せな気分に浸っていた。

ヴァイシュタットの腕利きシェフの作る甘酸っぱいレモンケーキの味わいよりも、お気に入りのアールグレイティーから漂う豊潤なベルガモットの香りよりも、ずっと心が満たされて幸せな気持ちだった。

これまでもフリードと交わった夜は、呪いの解呪のためであると分かっていても、リリスにとっては素敵なものだった。けれどもそれらのどんな夜よりも、仮面舞踏会の夜は甘く熱く艶めいていて特別だった。

トパーズに込められた魔力のせいかしら？

リリスは今も首に収まっているトパーズの心地よい重みに、あの夜のフリードの想いを感じ取ることができた。

「あら？　リリスもニヤニヤしているわね。さては、素敵な出会いがあった？」

「わ、わたしは……あの、ちょっと頭痛がして早めに戻ったの。でも初めての仮面舞踏会はとても面白かったわ」

急に話題を振られて、リリスは慌ててティーカップのお茶を澄まし顔で飲み込んだ。

――そんなにニヤついていたかしら？

確かにフリードとの最高の一夜を思い出しては、ひとり耽溺していた。

とはいえ、彼が自分と身体を重ねたのは偏《ひとえ》に王としての責任感からくるものだ。リリスの呪いを解呪するためであり、そこに愛情はない。

それはリリスも十分承知している。

けれども彼と夜を重ねていくたびに、もしかしたらフリードも自分にだんだんと好意を持ってくれているのではないかと思うのだ。

――そなたの感じている姿、堪らない……。

熱のこもった切羽詰まった息遣い。

彼の昂《たか》ぶりを感じながら、逞しい楔が限界を超えてびくびくと脈動し、自分の中で達したのを覚えている。

――ああ、フリード様……。

その瞬間をふたたび思い出し、リリスは胸が燃えるように熱くなった。

男性も極まると精を迸らせる。つまりは、自分の身体で極上の快楽を得て感じてくれていた、ということだ。

それにフリードはむやみやたらと女性を抱くような人ではない。

希望を抱いてもいいのかしら……。

――だって、いくら責任感からだとしても、好意がないとそういう行為《コト》はできないわよね。生理的に嫌っていたら、手を触れるのも嫌だもの。

でもこの国の女官たちから、彼は幼い頃から世継ぎの王子としての使命感に厚く、どんな苦労も進んで行ってきたと聞いた。

リリスがティーカップをテーブルに戻した時、向かいに座っていた王女がリリスの後方にふと目を向け、顔をしかめた。

「あら、向こうに見えるのはルヴィーナ王女様達じゃない？」

「こっちに来るみたい。先日の舞踏会で仮面を付けたフリード陛下から、最初にダンスを申し込まれて踊ったことを自慢しにきたのかしら」

もう一人の友人王女が鼻を鳴らした。

「なんでも、あの仮面舞踏会以降は、ますます皇妃気取りだって評判よ。この国の近衛騎士や女官たちを引き連れては、三日とおかずに大聖堂に行って祝福を受けているらしいわ。レムール大聖堂は、代々ヴァイシュタット王の戴冠式や結婚式を挙げる聖なる場所でしょう？　教皇を呼び出して多額の寄付をして、内々に結婚式の相談をはじめているとか。まだ公式に宣言もされていないのにね」

一緒に午後のお茶を楽しんでいた王女達は、小声でひそひそと囁き合った。

リリスもそれを聞いて不安になる。

通常、他国を訪問中に私用で外出するときは、自国の護衛を連れて行くのがエチケットだが、ルヴィーナ王女はまるでお妃のようにヴァイシュタットの近衛騎士やらお付きの女官らを何人も従えているという。

そのことをフリードが知らない訳がない。フリードが彼女の行動を知っていながら黙認しているならば、それはルヴィーナ王女を婚約者として認めているということになるのではないだろうか……。

リリスは胃の腑《ふ》がきりきりと痛んだ。

さっきまでの幸せな気持ちが消え失《う》せ、どんよりとした重たげな雲が心の中に拡がっていく。

ルヴィーナ王女は、母国の国力もヴァイシュタットと引けを取らないぐらいの大国で、誰が見てもお妃として相応しく、華やかで美しかった。

――それに引き換え、自分は小国の王女。

大国のヴァイシュタットに依存しているような国だ。

フリードと素晴らしい夜を共にしただけで浮かれていた自分が惨めになる。

彼に抱かれれば、きっとどんな女性でも今の自分と同じように、天国に連れて行ってもらったような夜を経験するだろう。精力だってあれだけ絶倫なのだもの……。

少しはフリードも自分に好意を持ってくれていると思っていたのだが、彼にとっては、どんな女性と過ごす夜も、たいして代わり映えしないのかもしれない。

夜の慰み相手となんら変わらない自分の境遇が哀れに思えてくる。

「――ごきげんよう。リリスさん達、ずいぶんしんみりしたお茶会をしているのね。私たち、これからレムール大聖堂の聖ヘテロ教皇に祝福を受けに行くのよ。教皇様から直々に、どうしても私に祝福を授けたいと切望されたの」

頭上から唐突に勝ち誇ったような声を掛けられ、リリスははっと我に返った。

顔をあげるとルヴィーナ王女はリリスの目の前にいた。豊満な胸を誇張するかのような胸の開いたドレスを身に着け、ヴァイシュタットの国旗と同じ緋色《ひいろ》のマントを纏っている。

そのマントには、フリードを連想させるような黄金色の見事な刺繍《ししゅう》が施されていた。

誰が見ても、フリードの婚約者のような衣裳だった。

「聖ヘテロ教皇は、王族でも誰もが面会できるお方ではないのはご存知でしょう？　リリスさん達のような小国の王女を誘ってもいいと言われているの。良かったらご一緒にいかが？　私《わたくし》と一緒なら、特別に教皇から金科玉条《きんかぎょくじょう》の祝福を授けて頂けるわよ」

すると、リリスの隣にいた王女がきらりと目を輝かせた。

「──まぁっ！　聖ヘテロ教皇に直々にお目通りできるんですの？　国に帰ってお父様やお母様に自慢ができるわ……！」

そういえば、彼女はヴァイシュタット正教の敬虔《けいけん》な信徒だ。

ヴァイシュタット正教は、この大陸では殆どの国が信仰している宗教である。その正教会の総本山であるレムール大聖堂で、直々に教皇から祝福の言葉をいただけることは、信者にとっては無上の喜びだろう。

もう一人の王女も、今回は一緒に行きたそうにリリスをチラッと見た。

だが、リリスはそこまでの信仰心はない。前世で悲惨な死を遂げたリリスにとって、神様などいないのは分かっているし天国もなかった。

現にリリスは前世で死んでも天国に召されることなく、こうして転生している。信仰するだけ無駄だと思っていた。

——でも。

リリスは、初めてフリードに抱かれた翌朝のことを思い出した。

確かバゼラルドが自分に届けられた呪いの香水瓶は、ヴァイシュタット正教会で特別に作られている聖水を入れるためのガラス瓶に入っていたと言っていた。

——そう、フリードも、ヴァイシュタット正教会がこの呪いに関わっているのではないかと疑っていた。

ということは、いま自分がルヴィーナ王女とともにヴァイシュタット正教会の総本山であるレムール大聖堂に行けば、なにか呪いの鍵となる情報が得られる可能性がある。

リリスはごくりと唾を呑んだ。

——わたし、自分にかけられた呪いなのに、フリードやジュート卿、バゼラルドに任せっきりだった。この国に来て以降、フリードに迷惑をかけっぱなしだわ……。

毎晩、フリードに抱かれて浮かれたり思い悩むのではなく、私も自分にかけられた呪いを自力で探らなくちゃダメだわ。

リリスは夜になると呪いの紋様が浮かびあがる左腕にそっと右手を重ねた。見るからに不気味な紋様なのに、フリードは優しく擦《さす》りながら口づけしてくれる。

――私が今、こうして生きていられるのもフリードのお陰なのよ。

もし、ヴァイシュタット正教会が密かにフリードを陥れようと画策しているなら大事《おおごと》だわ。

リリスは意を決すると、ルヴィーナ王女に向かって微笑んだ。

今夜は満月の夜……。今からレムール正教会に行っても夕方までには戻れるだろう。

いよいよ今宵はフリードと最後の一夜を過ごすことになる。そしてきっと呪いが解呪されるだろう。

でも、この呪いをかけた犯人の手掛かりを見つけて、少しでもフリードの力になりたい。

「――ルヴィーナ王女様。私たちのような小国の王女にまで、お心遣いをいただきありがとうございます。ぜひご一緒させてくださいませ」

リリスは椅子から立ち上がり、ルヴィーナ王女に向かって深くお辞儀をした。

半刻後、リリスはリズミカルに車輪が回転する乗り心地のいい馬車に揺られていた。

普段は閉ざされている王族専用の門扉が門番によって恭しく開かれ、馬車の列が王都の中心にある壮麗なレムール大聖堂の門をくぐる。

リリスたちの乗る馬車は、ルヴィーナ王女らの馬車のすぐ後ろに続き、窓からはレムール大聖堂を眼前に臨むことができた。

ヴァイシュタット正教会の総本山であるレムール大聖堂は、大きく天に突き出た二本の双塔が白群の空に聳《そび》え立っている。

その壮大な迫力には誰もが圧倒されるという。

「まぁ。近くで見るとなんて見事なのかしら。この双塔ができた所以《ゆえん》は、神と王が居並んでこの国を見守っていることを意味しているのですって」

リリスの友人で敬虔《けいけん》な信者である王女が目を輝かせて教えてくれる。

——なるほど。長い歴史の間に火事でたびたび改築はされているけど、建築当初から大聖堂にこの双塔がデザインされているということは、神と並ぶ権威をヴァイシュタット王が昔から持っているってことよね……。

正教会に対しても、フリードが神と同じ権力を手にしているということだ。

「あ、ほら、西側の塔の壁面に神様のレリーフがあるでしょ。東側の塔には初代ヴァイシュタット王のレリーフが刻まれているの」

「わ、ほんとう！」

リリスは思わず声をあげた。

片方の塔には神の像が、もう片方の塔には剣を持つ筋骨隆々な戦士の像が刻まれている。

逞しさは、フリードもあの像に引けを取らない。

先祖なだけあって、どことなくフリードの裸身と体型が似ている気がする……。

「あらやだ。リリスったら、食い入るように見つめちゃって。でも分かるわ。あんな素敵な殿方に守られたいわよね」

「そ、そんなこと……。ただ素晴らしいレリーフだと思っただけ」

戦士の像に思わず見とれていたリリスは、友人の声で慌てて目線を逸らした。まさかフリードの裸体を思い浮かべていたとも言えず、頬を赤くしながら誤魔化した。

――私ったら、何て節操がないの。

気を引き締めなくては。ここには情報を探るために来たのだから。

狭い馬車の中で居住まいを正すと、もう一度、さりげなく双塔を眺めた。

――王都の中心で居並ぶ神と初代ヴァイシュタット王。

レムール大聖堂で民が祈りを捧げるのは、神だけじゃなくこの地に君臨するヴァイシュタット王に忠誠を誓うことも意味しているんだわ。

でも、もし正教会が神聖国家としてこの国の覇権を狙うなら、神と並ぶフリードの権威は面白くないでしょうね。

うん、我ながら頭が冴えているな、とリリスは自画自賛する。

このあと教皇にお目通りしたら、この調子で色々と見抜いてやるんだからと意気込む。

なんだか今日はフリードに良い情報を持って帰れそうだ。

「あ、到着したようよ。いよいよ大聖堂の中に入れるわね」

「母国に帰ったら自慢できるわ。帰りに土産所も見て行きましょうよ」

「わ、良いわね！　母や妹にレムール大聖堂限定のロザリオを買おうかしら」

同行している王女たちは、観光気分ではしゃいでいる。

リリスも侍女のウィラにお土産を買って帰ってあげようと思った。

お茶会の途中でルヴィーナ王女に誘われるがまま成り行きで外出してしまったため、ウィラはリリスが外出したことを知らない。

けれども、出かける時に給仕の女官にはウィラに伝言をしてくれるよう頼んだし、フリードが付けてくれたリリスの護衛も騎馬で一緒に随行してくれている。

それにルヴィーナ王女がこんなに護衛をつけているのだから、危険なことなどないだろう。

ましてや大聖堂は身分証がないと入れないし、巡礼者たちには、入口で厳重な手荷物検査や身体チェックがある。剣や刃物などを所持していれば、聖堂内には入れない決まりだ。

日中の大聖堂では、リリスどころか、ネズミさえも仕留めることは不可能だ。

その安心感からか、リリスも気が大きくなり観光気分もいや増した。

――うーん。勝手に外出したことをウィラに叱られるかもしれないから、機嫌を取るためにお土産は奮発しよう。

リリスは隣に座る友人の王女に、ここにはどんな土産品があるのか詳しく聞いた。

ぺちゃくちゃとお喋りをしているうちに、いよいよ馬車が大聖堂の車寄せに停《と》まる。

先に馬車から降りたルヴィーナ王女たちに続いて、リリスも大聖堂の扉の前に立った。

ここで剣を帯同している護衛と別れることになる。

「――リリス様、大丈夫でしょうか」

フリードが付けてくれた護衛が心配げに声をかけてきたが、騎士は事前の申請がないと大聖堂の建物内に入れないためリリスはにこやかに微笑んだ。

「心配してくれてありがとう。神様の御元《みもと》であるこの大聖堂で危険なことなどないわ。これだけ観衆の目もあるもの。ここで待っていてくれる？」

国内各地から訪れている大勢の貴族や巡礼者たちが、王女らが祝福を受けに来たとあって遠巻きにリリス達の一行を眺めている。

近衛騎士は頷いて、ではお待ちしていますと入口でリリスたちを見送った。

案内の司祭の後に続いて長い回廊を抜けると、大理石の柱が何本も高い円天井に向かって伸び、息をのむほど広くて荘厳な礼拝堂が現れた。

「わぁ……っ」

思わずくるりと一回転しながらリリスは歩を進め、周りを見回した。

柱という柱には黄金の女神の像があしらわれている。高さのあるアーチ状の天井には黄金のモザイク画が描かれており、荘厳でその煌びやかなことといったらこの上ない。

——すごい。こんなに素晴らしい建築様式の聖堂は見たことがない……。

改めてヴァイシュタットの長い歴史や、比類なき国力の大きさを見せつけられた気がする。

初代王の遺骨が納められているという黄金の棺が中央祭壇に祭られており、その上には、精緻なステンドグラスの窓が天上高く嵌めこまれ、黄金とステンドグラスの織りなす幻想的な光や荘厳な美しさにリリスたちは言葉を失った。

「——この礼拝堂はね、王の礼拝堂とも言われているの。ここで戴冠式や国王の結婚式が行われるのよ」

ルヴィーナ王女がリリスを振り返って得意そうに説明し、顎をつんと伸ばした。

彼女は列の一番前にいて、聖へテロ教皇への寄進の品を胸に抱えている。

巡礼者の注目を集めるのは当然とばかりに、長い緋色のマントを翻して、祭壇に伸びる中央の身廊をまるで王妃のごとく誇らしげに進んでいく。

「さ、王女様方もどうぞ、前へお進みください。間もなく聖へテロ教皇様がお出ましになります」

案内役の司祭に言われ、リリスたちもルヴィーナ王女や彼女の取り巻きの王女らの後に従った。すると壁際の側廊や後陣でリリスらの様子をうかがっていた巡礼者たちからも騒めきが漏れた。

この大聖堂に聖ヘテロ教皇自身がお目見えすることはめったにない。祭典や儀式があるときのみだ。王女とはいえ、リリスたちもお願いすれば会えるというものでもない。

「おお、我らも教皇様を拝めるぞ」

「なんとありがたい……。夢が叶った」

遠巻きにしている多くの巡礼者から歓喜の声が漏れ聞こえ、大勢の人が集まってきた。

——これも、ルヴィーナ王女のお陰なのかしら？

すぐ隣でも、信心深い友人が嬉しさに目を潤ませているのを見てリリスは微笑んだ。

——私は神など信じていないけれど、どんなお方か興味があるわ。

噂では若くして教皇に選出された頭の切れる聖職者らしい。

祭壇の前に着くと、取り巻きの王女らはルヴィーナ王女を中心に横一列に並ぶ。リリスたちも端に並んだ。

すると聖ヘテロ教皇のお出ましの合図なのか、司祭が祭壇の上にある大きな黄金の鐘をゴーンと鳴らす。

厳かな音が聖堂内に木霊《こだま》するように広がり、一瞬で空気が荘重なものに変わる。

たくさんの礼拝者らが跪いて注目を集める中、祭壇の右手にある重そうな黄金の扉がぎいっと開いた。

先導の聖職者に続いてそのすぐ後ろに、黄金の宝冠を被った聖ヘテロ教皇がお出ましになった。彼は白貂《しろてん》のローブを羽織り、金色に輝く神の像のネックレスを胸にかけている。さらに黄金の蛇が巻きついたような純金の権杖《ごんじょう》を手に、光の粒を纏うかごとく歩を進めていた。

その神々しさに礼拝堂の誰もが騒めき、神が現われたがごとく祈りを唱え始める。感動で啜り泣く者たちもいた。

だが、リリスはあまりの煌びやかさに目を見開き啞然とする。

――このお方が教皇？

黄金の宝物を身に纏った姿は、民から見れば眩《まばゆ》く神のごとく神々しいだろう。けれど、あまりの黄金づくめにリリスは逆に陳腐さを感じてしまう。

彼がただ、自分の権力を誇示したいがために、このような黄金の宝飾物で身を飾っているのではないかと思えたのだ。

――フリードと全然、違う……。

フリード自身は生まれながらにして眩い黄金《きん》の髪に溶かした純金のような瞳をしており、敢《あ》えて黄金を身に纏わなくても彼自身が発する神々しいオーラに包まれている。

でもこの教皇はどうだろう。

目の前の教皇は、若々しいがどこか暗い翳りがある気がする。齢《よわい》は三十歳ぐらいだろうか。

黄金を身に纏わなければ、黒い瞳に黒髪のどこにでもいるごく普通の男性に見える。彼そのものからは、最高位聖職者にあるような徳の高さや静謐《せいひつ》さといったものは感じられない。

煌びやかな黄金を身に纏っている、ただの男に見えるのだ。

リリスは、もっと彼をよく見ようとぱちぱちと何度も瞬きをした。――が、何度見つめても美しい宝飾物で着飾っただけの普通の人に思える。

――信者たちは何も感じないのかしら。

ヴァイシュタット正教会は信者には戒律が厳しい。

いつでも清貧であるべしと説き、貴族らにもそう説いて寄付を募っている。なのに一番最高位にいる教皇が、こんなにも絢爛豪華《けんらんごうか》な姿をしているって、ますます正教会が信じられないとリリスは不信感を抱いた。

――ああ、うちの家族は敬虔な信者じゃなくてよかった。

リリスの家族はヴァイシュタット正教をそれほど信じてはいない。父王も王族の務めであるにもかかわらず、格式にこだわる正教会の祭典や式典を嫌がって、よく愚痴をこぼしていた。

「王女様……。頭《ず》が高こうございます。こうべを垂れてください」

リリスは側にいた司祭に窘《たしな》められた。

あまりにびっくりしすぎて教皇を凝視してしまったが、ルヴィーナ王女も教皇の声がかかるまで敬虔そうにこうべを垂れている。

――王族も教皇に一揖《いちゆう》するの？　彼は王族ではないのに……。

司祭の言葉を不思議に思いながらも、周りの他の司祭からもじろりと睨まれた気がして、慌てて頭を下げた。

「これより遠方から祝福を受けに来た王女たちに、聖へテロ教皇猊下《げいか》が御自《おんみずか》ら祝福の聖水を振りかけます。一人ずつ前にお進みください」

司祭の言葉で、真っ先にルヴィーナ王女が教皇の前に進みでた。高価な贈り物と思われる寄進の品が入った箱を恭しく掲げると、教皇の隣にいた司祭が受け取り、蓋を開けて中身を確認してから教皇にも見せた。

教皇は中を一瞥《いちべつ》すると満足げに頷いて、ルヴィーナ王女に礼を言う。

「王女の深い崇敬が籠められた寄進の品に、神も大変満足しておられる。神に成り代わり礼を申します、ルヴィーナ王女。後程、別室で私から特別な祝福を授けましょう」

聖へテロ教皇がルヴィーナ王女に視線を向けて目をゆっくりと細めた。気のせいなのか、なんだかじっとりと纏わりつくような不快な目線だった。

その表情には何か隠された意図がある気がしてリリスはぞわりと鳥肌が立つ。

なぜだか夜になると呪いの紋様の現れる左腕がじくじくと疼きはじめた。

――どうしてなのかしら？

聖ヘテロ教皇の視線が薄気味悪く感じる。彼は聖職者、しかも最高位の教皇だというのに。

薄い唇を引き上げるような笑みをルヴィーナ王女に向けた聖ヘテロ教皇が、聖職者というより、俗人的に感じてしまう。

だがルヴィーナ王女は、教皇の言葉を受けて嬉し気に頰を染めている。

「ねえ、知ってる？　ルヴィーナ王女は、礼拝に来るたびに黄金の宝物を寄進しているらしいわ。それで別室で教皇から特別な祝福を受けているのですって」

「まぁ、聖ヘテロ教皇様からの特別な祝福なんて羨ましいわ。家《うち》の国は黄金の品の寄進なんてとてもできませんもの」

「聖ヘテロ教皇は、まだお若くてお声もとても魅惑的よね。エキゾチックなお顔立ちだし。彼に特別な詔《みことのり》を唱えられたらうっとりしてしまいそう」

取り巻きの王女からも、若き教皇から特別な祝福を受けることのできるルヴィーナ王女に、羨望の溜息を漏らしている。

だがリリスは一層、眉間の皺を深くした。

——なにそれ。黄金の品を寄進した者にだけ特別な祝福を授けるって……。神の加護もお金次第なの？

なんだかこれからリリスたちの受ける祝福が安っぽいものに思えてバカバカしくなってくるが、今さら帰りたいとも言えない。

リリスは仕方なくこの聖水の祝福が終わるのを待とうと決めた。

——早く終わらないかな。

せっかくのレムール大聖堂のお土産も、対してご利益がない気がして、リリスは何も買わずに帰ろうと気を変えた。

帰りに王都にある人気の焼き菓子屋さんでお菓子を買って、それをウィラのお土産にしよう。その方がウィラも喜んでくれるだろう。

リリスはそう決めると、聖水の祝福をちょうど受けようとするルヴィーナ王女に視線を戻した。

彼女は祭壇の前で跪き、聖へテロ教皇にこうべを垂れて両手を組み合わせた。すると教皇は、目の前に置かれた黄金の聖水盤の中の水を手で掬い、ルヴィーナ王女に指先でぴしゃぴしゃと浴びせかける。

すると彼女は聖水を一滴も逃がすまいと目をつむったまま顔をあげ、顔面で聖水を受けはじめた。

——いやいや。普通、聖水は頭《こうべ》を垂れたまま受けるでしょ。

若返りの化粧水じゃないのだから。

リリスはルヴィーナ王女のその姿が滑稽に映り、つい、ぷっと笑い声を漏らしてしまう。——が、それがいけなかった。

「——神聖な儀式を愚弄したのは誰だっ！」

聖ヘテロ教皇が悪魔のような形相で叫んだ。

教皇が叫び声をあげるなんて、ただならぬことだ。聖堂の中が一瞬で凍り付いた。

——ああ、どうしよう……。私のことよね……？

罰を受けるかもしれない。リリスは観念して仕方なく一歩前に進んだ。

なぜだか左腕がさらに強くじくじくと疼く。リリスは無意識に左腕を庇《かば》うようにさすった。

「……教皇様、申し訳ございません。愚弄したのではなく、喉の調子がおかしかったもので……」

「んまぁっ！　リリス王女。あなたなの……！　なんて失礼な」

ルヴィーナ王女も鬼の形相でリリスを睨みつけた。

「教皇様や未来のフリード王のお妃になられるルヴィーナ様への冒瀆《ぼうとく》よっ」

取り巻きの王女たちからも非難の声が次々とあがる。

素直に申し出て謝ったのだが、収まるばかりかルヴィーナ王女やその取り巻きに逆になじられてしまう。

「ちょっと、言いすぎだわ。リリス王女は謝ったじゃないの。彼女はこのところずっと体調が思わしくなかったのよ」

「そうよ。毎晩、熱が出ると聞いたわ。寛大な心こそ、信仰には必要なのじゃないの？」

リリスの友人たちも負けじとルヴィーナ王女の取り巻きに応戦して、礼拝堂の中は王女たちのなじり合いで酷い騒ぎとなった。

……まずい。神聖な礼拝堂でこんな騒ぎになったのも迂闊に笑ってしまった自分のせいだ。

リリスがなんとか止めに入ろうとしたとき、教皇が司祭に目くばせをした。

「──皆の者、教皇の御前である！　静粛にっ！」

司祭の一人が大声を張り上げると、その場は一瞬で静まった。

すると聖ヘテロ教皇が冷ややかな顔でリリスにゆっくりと視線を向け、目の前に来るよう手招きをした。

「──？」

リリスはなんとも言えない嫌な予感がした。この聖堂に漂う清廉な空気がリリスにこの教皇の側に行ってはいけないと伝えているような、不思議な感覚。

だが教皇に近くに寄るように呼ばれて、断ることなどリリスの立場ではできない。

緊張のあまり両手をぎゅっと握りしめると、よりいっそう腕の疼きが強くなった気がした。


——罰っせられてしまう？

けれどもこの騒ぎは自分のせいだ。

教皇の御前に進むのを躊躇《ちゅうちょ》していてもなにも収束はしない。王族としてこの騒ぎのきっかけを作ったケジメはつけなくてはならない。

私が罰を受けても、この騒動の謝罪を伝えたほうがいいわよね。彼は教皇なのだから、きっと慈悲というものがあるはずだ。

罰を受けたとしても王族である自分は、せいぜいが正教会での奉仕活動程度だろう。

——しようがない。

リリスは諦めたようにふぅと深く溜息を吐いてから、教皇の目の前にしずしずと進み出て跪いた。

「教皇様……あの……誠に申し訳ございません。私のせいで騒ぎを起こしてしまいました」

リリスが神妙な面持ちで頭を垂れた。すると教皇はリリスを冷ややかな眼《まなこ》で睥睨《へいげい》する。

「騒ぎのことは、もうよい。今の謝罪が神にも届いただろう。だがそなた、このところ体調が悪いのか？　毎晩熱が出るとか？」

そう聞かれて返答に詰まる。

実際、呪いのせいで毎夜、腕に紋様が現われる。するとたちまち酷い風邪で熱に浮かされたような気分になる。でも、紋様が現われていない時はすこぶる体調がいい。

――そう。フリードの精を受けたあとは、逆に体調が良くなるのだ。身体の中から生気が迸るように。

「あ、あの……。はい、夜になると具合が悪くなるのは確かです」

教皇の近くで声を固くして答えると、教皇が何かに気づいてハッとした顔をリリスに向けた。

「――この匂いは……、この精気《オーラ》はまさか陛下の……？」

リリスにも聞こえるか聞こえないぐらいの小声で、聖へテロ教皇が独り言のように呟いた。

「あの、教皇様、今なんと……？」

良く聞きとることができずにリリスが跪きながら顔をあげると、教皇は先ほどルヴィーナ王女に向けたのと同じねっとりとした妖しい笑みをリリスに向けた。

「――リリス王女とやら。そなたから邪悪で醜悪な臭いがする……。そなたは毎晩淫欲に溺れ、男の精を受けているだろう？」

「――えっ？」

あまりの突然のことに、リリスはぽかんと口を開けた。

どういうこと？　なぜ知っているの？　フリードとの関係は、ジュート卿、そしてバゼラルドとウィラしか知らないはずだ。

途端に寒気がしてぞくぞくした。静謐な礼拝堂で教皇の近くにいるはずなのに、フリードと一緒にいる時のような安心感はひとつも感じられない。

それどころか悪寒がする。

聖へテロ教皇がリリスに向かって全てを見通すかの如くニヤリと目を細める。

「い……ッ……」

するとと左腕がずきんと痛んだ。聖へテロ教皇の瞳が、まるで邪悪な蛇のように感じる。

――もしかしたら、この人……？

私、迂闊にルヴィーナ王女の誘いにのって、正教会の本拠地に来てはいけなかったのではないの？

リリスは恐ろしくなり立ち上がって一歩後ずさろうとした。その刹那、聖へテロ教皇の合図で司祭らに両脇をがしっと抑え込まれた。

「皆の者！　ここに魔性に憑りつかれた邪悪な魔女がいる！　見るがいいっ！」

司祭らがリリスが逃げられないように、腕を摑んでがんじがらめにする。すると教皇が聖水盤の水をリリスに思い切り浴びせかけた。

　バシャーっという音ともに、左腕に燃えるような痛みが走った。

　教皇が蛇の権杖をリリスに向けると、黒い煙が立ちのぼり、まだ夜でもないのに、リリスの腕に禍々しいほどどす黒い呪いの紋様が浮かび上がった。

「きゃぁぁぁ――――、魔女よっ！」

「悪魔が王女に憑りついている！」

「不吉だ！　魔女を捕らえろっ」

　司祭らから不穏な罵声があがり、周りで成り行きを見守っていた敬虔な巡礼者も司祭に呼応するように声を荒げた。

　友人の王女さえも、リリスの腕に浮かび上がった不吉な呪いの紋様を目の当たりにして、お互いに抱き合って怯《おび》えたような眼差《まなざ》しを向けている。

　ルヴィーナ王女でさえも蒼白になって震えていた。

「魔女だ！　神の聖水で正体を現したぞ！　聖ヘテロ教皇様がその正体を見破った！」

「正体を現した魔女を逃がすな！」

「邪悪な魔女は処刑だっ！」

　司祭らの怒号で、巡礼者らも声をそろえて大合唱を始めた。

「ち、ちが……、私は魔女なんかじゃ、な……っ」

燃えるような腕の痛みに加え、燻《いぶ》されるような熱が身体中に広がり、リリスは息苦しさに悶えた。

――逃げなきゃ。外にいる騎士のところまで……。

だがリリスは、もはや立ち上がって外で待つ騎士に助けを乞うこともできない。

司祭らに脇を抱えられていなければ、立っていることさえままならないのだ。

リリスはなんとか教皇に向かって声をふり絞った。

「……あなた……、聖ヘテロ……、もしや……、あなたが呪いの……」

だが、教皇は黄金の権杖を高らかに振り上げ、聖堂の中に轟《とどろ》きわたる声をあげた。

「皆の者！　この王女は黒魔術でフリード陛下を籠絡し、この国を邪悪に染めようと謀《たばか》った！　これより、この異端者の身柄を我が正教会が拘束し裁きを行う。いかなる王家であろうとも異端者の身柄は引き渡せぬ。正式な裁きまで正教会の牢《ろう》へ投獄するものとする！」

巡礼者らから「わぁ――」と拍手喝采が巻き起こる。

嘘でしょう……。

信者らは目の前で、聖ヘテロ教皇が異端者である魔女の正体を見破ったと思っているのだ。

「ちが……、だまされちゃ、だめ……。この男は……」

リリスは本当の異端者がこの男であることを伝えようとした。だが、呂律《ろれつ》がうまく回らない。教皇から漏れ出る邪気にあてられ、息をするのもままならない。

「リリス王女。陛下の精力でうまくその茨の紋様を隠していたものだ。だが、ようやく目障りなお前をこの手に捕らえることができた」

聖へテロ教皇がリリスの耳元で囁きながら、生ぬるい息を吹きかける。

その瞬間、目の前の視界がぐにゃりと崩れ、リリスの意識は、禍々しい夜の森のような深淵《しんえん》へと堕ちていった。

・・・・＊・・・・・・・・・・・・・・・・・・＊・・・・・・・・・・・・・・・・＊・・・・・

ぴちょん……、ぴちょん……と水の音がする。

頬にヒヤリとしたものが滴り、冷たい雫がつぅっと顎に伝い落ちていく。

——ここは、どこ……？

反対側の頬からは、無機質で固い感触が伝わってきてリリスは呻いた。

ここがどこなのか確認しようと、重い瞼をなんとか持ち上げる。

ゆっくりと瞬きを繰り返してみるが薄暗さに目が慣れず、自分がどこにいるのか分からない。

しかも体中が灼けるように熱い。なのに芯は冷えて凍えそうなほどだ。

相反する感覚に困惑し、リリスは助けを求めるように侍女のウィラを呼んだ。

「……ウィラ？　ウィラはどこ……？　お水をちょうだい……」

けれどもしーんと静まりかえって返事がない。

「ウィラ……どこなの？」

不審に思い軋む身体を動かして、上半身を起こしてみる。すると、リリスがいるのは四方八方を石造りの塀に囲まれた見たこともない小部屋だった。

部屋の隅には蠟《ろう》が溶け落ちた手燭《しゅしょく》がある。その残骸に今にも燃え尽きそうな残り火がちらちらと揺れていた。

「ここ……どこ……？」

リリスはよろよろと立ち上がり、手探りで扉を探す。かろうじて扉の取っ手らしき感触を見つけ、押し開こうとした。だが外側から施錠されているようで内側から開けることができない。

「……いったいどうし……うっ、……」

ずきんと針で刺されたような頭痛と共に、大聖堂での記憶が蘇ってきた。

――そうだ。私、聖へテロ教皇に魔女という濡《ぬ》れ衣《ぎぬ》を着せられたんだ。

するとここは正教会の牢屋《ろうや》なの……？

あれからどれだけ時間がたって今が何時なのかが分からない。でも夢じゃない。

蛇のように冷たく邪悪でつり上がった彼の目を思い出し、リリスはぶるりと震えた。

「だれか……、誰かいませんか？　この扉を開けてください……っ」

なんとか大聖堂の外にいる護衛騎士に知らせる手立てはないものか。

あまり装飾品は身に着けていないけれど、見張りがいるとしたら買収できるかもしれない。そう考えてリリスは扉を叩いた。

「……お願いっ。だれかフリード陛下に言伝《ことづて》をお願いします……っ、はぁ……っ」

呪いの紋様のせいで熱も上がってきたのか喉がひりつき、声を出すのもつらい。だがリリスは力を振り絞って声をあげた。

するとふいに外側からガシャリと錠前を回す音が聞こえてきた。

慌てて扉から離れてすぐに、ギギギッと重い扉が開かれる。

松明《たいまつ》を掲げた大柄の門番に続いて入ってきたのは聖ヘテロ教皇その人だった。

変わらず黄金の宝冠を頭に被り、手には純金の権杖を持っていた。聖ヘテロからはリリスがこれまで感じたことのないほどの、邪悪なオーラが感じられた。

「リリス王女。威勢のいいことだ。そのように大声を出さずとも、フリード陛下にはのちほど、お会いできますよ」

「――聖ヘテロ……。いいえ、あなたは聖なんかじゃない。ヘテロ、私をここから出して。私は魔女じゃないわ。あなたが私に呪いをかけたのでしょう？　呪いの香水を使って。なぜなの？」

「さきほど聖堂で申し上げました。あなたが目障りなのです、リリス王女。フリード陛下が花嫁にあなたを選ぶと色々都合が悪いものでね。それに私はあなたに呪いをかけたわけではありません」

「――ど、どういうこと……？」

「ルヴィーナ王女以外にフリード陛下の心を占めている王女にその香水が届くように魔力をかけました。とっくに死んでいるものとばかり思っておりましたが、今日、あなたと会って私の呪詛の力を抑え込まれるほど、陛下に守られていることが分かりました。王女からは、とても大きな陛下の精気《オーラ》が感じられます」

「……陛下の精気《オーラ》？」

聖ヘテロは忌々し気にリリスを睨みつけた。

「ご自分の精をその身の内に与えて呪詛の力を抑え込むとは考えたものだ。きっとあの小癪《こしゃく》なバゼラルドの入れ知恵だろう。可哀そうだが、目障りなあなたを消さなくてはなりません」

「なぜなの……？　なぜフリード様を裏切るの……？」

「裏切りではありません。偉大なるヴァイシュタット正教会こそがこの国を治めるのに相応しい。我らは独立して神聖国家を作るべく動いております。その最高位に君臨する法王も私であるべきなのです。目障りな皇帝などはただ我々の傀儡《かいらい》で宜しい。そのための後押しをルヴィーナ王女の母国、バスクーム王国が約束してくださった。ゆくゆくはルヴィーナ王女とフリード陛下の子を傀儡皇帝にし、このヴァイシュタットは私が法王となり統治するのです！」

聖ヘテロはまるで巡礼者に演説をするように声を高らかにあげた。

「じゃ、じゃぁ、フリード様はどうなるの……？」

すると聖ヘテロは気味悪く微笑んだ。

「種馬としてお世継ぎが出来ればもはや無用の存在。消えていただくが宜しいでしょう」

「き、消えてって……」

――何を言っているの？　正気なの？

リリスはヘテロの目に狂気じみたものを感じた。権力に目が眩んだ者の目だ。

「今までどの教皇も王になることはなしえなかった。私は選ばれた人間なのです。この私が法王としてはじめてこの国の王になるのです。故にあなたに花嫁になられると困るのですよ。バスクームの協力がいただけなくなる」

「そんなのフリード様が許さないわ。それにあなたは黄金を纏っているだけで、王としての資質は全く感じられない。フリード様こそ、生まれながらの王だわ！」

「――黙れっ！」

バシンッ！　っという音が耳に響いたと同時に、リリスの頬に鮮烈な痛みが走った。

瞬間、リリスは石の床に崩れ落ちた。

聖ヘテロ教皇がリリスの頬を思い切り平手打ちにしたのだ。

「小娘がさっさと呪いで死ねばよかったものを」

打たれた頬がジンジンする。呪いをかけた張本人と呼応しているせいなのか、紋様の現れた腕もずきずきと疼いて爛《ただ》れんばかりに熱い。

聖ヘテロ教皇が近付き、黄金の権杖を倒れたリリスの目の前にトンと突いた。

ゆっくりと屈みこみ、床に倒れたリリスの顔を覗き込んで薄気味悪く嗤《わら》う。

「その紋様が身体中に広がれば、リリス王女、そなたは間違いなく命を落とす。果たして明日の朝まで持つかな？　フリード王に見初められたばかりに不運だったたな」

「み、見初める……？」

「良いことをお教えしましょう。リリス王女。間もなく異端者を裁く魔女裁判が始まります。この裁判は、大聖堂で行われ多くの巡礼者の目の前での公開裁判となります」

「ま、魔女裁判……？　私は魔女なんかじゃない。あなたじゃないの、私を呪った異端者はっ。教皇でありながら、呪術師だなんて……」

「真実はどうあれ、身体に呪いの紋様が浮き出たあなたは、誰が見ても異端者で魔女だ。王女であっても裁きを受けることとなり、フリード陛下も正教会の裁判に口出しはできません。それに古来から魔女裁判は火炙《ひあぶ》りと決まっています。可愛らしいあなたが業火に焼かれるのが先か、呪いの紋様に灼かれるのが先か」

はっ、はっ、は……と低く嗤いながら聖ヘテロが扉から出て行った。すぐにガシャンと重い錠の下りた音が響く。

「く……っ」

──なんて邪悪な男なのだろう。あんな男が教皇になっていただなんて。

教皇どころか司祭の風上にも置けない男だ。

あの男を法王になどしてはいけない。フリード様に伝えて彼の陰謀を伝えなければ。

心は勇ましくそう思うのに、リリスは怖くて涙が瞳から零れ落ちた。全身がぶるぶると震えている。

──私、このまま火炙りにされて死んでしまうの？

床についた手をぎゅっと握りしめる。その手の甲に涙がぽとぽとと零れ落ちた。

結局私は、二度目の人生も幸せになれなかった。フリード様やウィラ、ジュート卿にバゼラルド……、皆に迷惑をかけてしまった。

あんなに一人で出かけてはいけないと言われていたのに……。きっともう呆れられて愛想を尽かされてしまったかもしれない。

――助ける価値のない王女だと。

「ごめんなさい……」

最後に一目でもいい、フリード様に逢《あ》いたい。

もし、少しでも心配してくれているなら安心させてあげたい。

死ぬのは二度目。だから、大丈夫だと。私が死ぬのはフリード様のせいじゃない。全部自分の行いのせいなのだから。

――やっぱり神様なんていない。

一度目は毒殺。そして二度目は火炙り。いいえ、呪いの紋様で灼かれてしまうのが先かしら。今世こそは幸せに寿命を全うしたかったのに……。

なす術もなくリリスは打ちひしがれた。

せめてフリードへメッセージを残そう。あなたのせいではないと……。そして私を守ろうとしてくれたお礼を。

付けていた髪飾りを引き抜いて、尖った留め金で石畳の床に文字を彫っていく。

だが石があまりにも硬く、上手く力の入らない手で彫っていると、扉の外でドスンという鈍い音が響いた。

リリスは不思議に思って顔をあげる。するとガチャっと錠が外れた音がして眩しい光が部屋の中に飛びこんできた。

松明を持っている？　ヘテロがまたやってきたの？

あまりの明るさにリリスは目を細くする。

光の影となって分からないが、ヘテロよりもずっと背が高く大きな人の影が見えた。

「――リリスッ」

人影の気配がすぐそばにあり、ぎゅうっと男らしい胸に抱きしめられた。リリスが恋しかったあたたかで逞しい温もり。

「フリードさま……」

姿を見なくても分かる。

リリスは涙を滲ませて彼の背に手を回した。

――神様が最後に願いをかなえてくれたの……？

背に回した手に力を入れて、その清廉な香りを胸に吸い込んだ。

いつから彼のこの胸に安らぎを感じるようになったのだろう……。

今世では誰も好きにならず、一人で生きて行こうと決めた。それなのに、今のリリスにとって何ものにも代えがたいほど、フリードの存在が無くてはならないものになっている。

「……うっ、くっ……」

せっかく今世でかけがえのない大切な存在に巡り合えたのに……、私はまた死んでしまう運命なの？

リリスが泣きじゃくるとフリードの腕にいっそう力が込められた。

「リリス……、すまない。怖い思いをさせてしまった」

頬に大きな手を添えられて、フリードの唇が重ねられた。優しく宥めるように、ちゅ、ちゅ……と啄んでから、二人は深く舌を絡め合わせた。

——ああ、熱い。フリード様の体温……。

胸がきゅぅんと切ない思いに締め付けられた。

何度も角度を変えては、互いに貪るように口づけあう。

「リリス……、ああ、リリス……」

激しくなる口づけに、息を継ぐのも忘れてしまう。

何度も口づけを交わし合い、互いの存在を確かめ合うような熱い口づけに互いに没頭する。

フリードのこと以外、何も考えられないような、魂が揺さぶられるようなキス。

これが最後のキスになるのかもしれない。

リリスは突き上げる想いに身を任せ、フリードの口づけに溺れた。

——最後に神様がご褒美を下さったの……？

フリードの味と香り、彼から発せられる熱に、頭がぼうっとなる。隅々まで互いの口に

馴染むほど、くまなく濃蜜に触れあった。

「……我が君、まもなく時間が……」

ひそりと扉の外から聞き覚えのある声がした。ジュート卿の声だ。

――いったい？

フリードが最後にちゅっと優しい水音を立てて名残惜しそうに唇を解くと、またリリスを逞しい胸にぎゅうっと抱きしめる。

どくんどくんという大きくて力強いフリードの鼓動にリリスは勇気づけられた。

これで処刑されたとしても、悔いることは何もない。

「リリス、大聖堂で何があったかはすでに把握している。呪詛の首謀者が聖へテロだということも、奴《やつ》の企みも全てわかった。心配しなくていい。必ずそなたを助ける」

「……た、助かるの？」

「もちろんだリリス。二度とそなたを一人で死なせたりしない」

フリードの言葉が何かを暗示していたが、リリスは気が付かなかった。

「でも、どうやって？　私、まだ夜じゃないのにヘテロのせいで紋様が浮かび上がってしまったの。それで皆が私を魔女だと……」

するとフリードがリリスの左腕に広がる紋様を撫で始めた。火箸を押し付けられたようにじくじくしていたのに、フリードに撫でられると痛みがすぅっと引いていく。

「可哀そうに……。痛むだろう？　先ほどの口づけで私の唾液もたっぷり君に含ませたから、あと数時間はさほど苦しくはないだろう……。バゼラルドから苦しさが軽くなる丸薬ももらって来た。だが、間もなくそなたの魔女裁判が始まる。その時に必ず君を助けるから私を信じて欲しい」

「わたし、助からなくてもフリード様が来てくれただけで嬉しい……」

「バカなことを言ってはいけないよ。君は僕の花嫁になるのだから」

「は、花嫁……？　私が？　そんなのダメ……っ。私はあなたに相応しくないもの」

「なぜそう思うのか分からないが、それについてはお仕置きが必要だな」

「──我が君……っ」

ジュート卿の低い声が厳しくなった。外の方で何か他の気配が近付いてくるようだ。

「愛してる、リリス」

フリードは手に丸薬の入った紙包みを握らせると、リリスの唇に軽く口づけして風のように部屋からいなくなった。

フリードの残り香にリリスは胸が熱くなった。

もしかしたらフリードは、最後にリリスが怖がらないように会いに来てくれただけかもしれない。

それでも悔いはなかった。

自分がたとえ火炙りになったとしても、聖ヘテロの陰謀を知ったフリードが、彼をのうのうと蔓延《はびこ》らせておくはずがない。

逆に自分が捕らえられたことがきっかけで聖ヘテロの陰謀が露《あらわ》になったのなら、リリスもこの世界に転生した甲斐があったというものだ。

けれど次は転生できるかどうか分からない。

意地悪な神様のことだ。リリスの願いをそうやすやすと叶えてくれるはずもない。

この世界で出会った人たち……、お父様、お母様、ウィラにジュート卿、バゼラルド、そしてフリード様。

次々と浮かぶ彼らの顔や優しい声が、心に耳に蘇る。

――命を落としてしまったら、二度と会えないのだ。

リリスは牢獄《ろうごく》の中で泣きじゃくった。

悔いがないなんて嘘だ。彼らと別れたくない。かけがえのない今生《こんじょう》の出会いを前世の思い出にはしたくなかった。

すると握りしめていた紙包みから、一輪の小さな花がひらりと落ちた。

淡い紫のシオンの花……。ほのかに優しい香りが立ち上った。

そういえば、温室《オランジェリー》でフリード様が言っていた。自分の使命を忘れないようにこの花を育てていると。

リリスは泣きじゃくって、赤く濡れた目元を袖で拭った。
――フリード様を信じよう。
絶対に死なない。私はヘテロになんか殺されたりしない。
たった一度のかけがえのない、この今生を生き抜いてみせる。

第八章　真実の鏡

「さぁ、表に出ろ」

リリスは極悪人のように両手を縄で縛られ、司祭たちに囲まれて牢から出された。

王女であるというのに、囚人が着るような薄い生成りの簡素なチュニックに着替えさせられた。

生地はところどころ黄ばんで綻んでおり、袖もないせいか腕に浮き出た見るに堪えない茨の紋様が顕《あら》わになってしまっている。

「なんと薄気味の悪い……」

黒幕が教皇であることを何も知らない司祭たちは、リリスを見るや不快さを隠そうともしない。その声にあからさまな嫌悪を漂わせていた。

「――っ」

心に突き刺すような言葉に傷つかないはずがない。けれどもリリスは決して下を向かなかった。

――大丈夫。きっとフリードがヘテロの罪を暴いてくれる。

私は罪人なんかじゃない。

「なにをぐずぐずしている、早く歩けっ」

怒鳴られても、胸を張ったまま牢獄の階段を上る。

建物の外に出ると目の前には大聖堂の中庭が広がっていた。

リリスが閉じ込められていたのは、大聖堂の地下牢《ちかろう》ではなく、離れにあった建物の地下だったようだ。

だが中庭に設置されていたあるものを見て、愕然とする。

さっきまでの威勢はどこへやら、リリスは途端に足が竦《すく》んでしまった。

物見台のようなやぐらの上には、人を磔《はりつけ》にするかのような丸太が組まれている。丸太の下の方には薪《まき》やイグサが山のように積み上げられていた。

まるで歴史書で見た魔女を火炙りにする処刑台のようだ。

途端に心臓がばくばくと跳ね上がる。

火炙り台がすでに設置されているということは、魔女裁判は単なる形式で、ヘテロは私を強引に火炙りの刑に処するのでは……？

リリスは立ち止まり、心を落ち着けようと目を閉じた。

――大丈夫。前に進むのよ……。

フリードを信じているのに足が竦んで前に動かない。怖くて指先さえもぶるぶると震えてくる。

大丈夫。きっと大丈夫。

深く深呼吸を何度か繰り返してみる。自分で自分の心をなんとか宥めながら勇気を振り絞って一歩、前に進もうとした。その時、不意に物陰から誰かが駆け寄ってきた。

「王女様……っ」

たたたたたっと小走りに近づいて、リリスにがばりと縋《すが》ったのは親友でもあり姉のように慕っている侍女のウィラだ。

「ウィラ……っ」

「おいたわしい……、でも気をしっかりお持ちください。陛下が必ずやお救い下さいます」

「ウィラ……。ああ、ウィラ、ごめんなさい。私、ウィラの言うことをちゃんと聞いていればよかった」

リリスが堪えきれずに涙をこぼすとウィラはハンカチで涙を拭ってくれた。

「もし私が裁判で濡れ衣を着せられ処刑されたら、お父様とお母様に親不孝でごめんなさいと伝えてくれる？」

するとウィラが首を振った。

「そんなことには絶対になりません。フリード様を信じましょう。陛下から言伝を頼まれております。最後まで諦めずに信じて欲しいと。聖へテロの呪いは陛下とジュート卿、バゼラルドが……あっ」

司祭たちがいきなりウィラを突き飛ばして、リリスから引き離した。

ウィラは地面にどすんと尻もちをついたまま、司祭らに取り抑えられている。

「ウィラを手荒に扱わないでっ」

「むだ口を利くな。神聖な裁判の前だ。さぁ、大聖堂に急ぐぞ」

あまりにも無情な声だった。

無抵抗の弱き者を突き飛ばすなんて、まるで司祭とは思えない。

この人たち、本当に神の使徒なの……？

彼らはリリスの手の縄をまるで捕らえた野良犬を引き立てるようにぐいと力を込めて引いた。

「ほら、来いっ！」

「――っ」

リリスは前のめりになりながら、聖堂へと引き立てられていく。

――なんて野蛮なのだろう。

仮にもまだ私は処罰の確定していない王女だ。

しかも司祭の本来あるべき姿は、罪人が処刑されるときに懺悔《ざんげ》を受け入れ、神の御許《みもと》に導けるよう、心のよりどころとなる存在であるべきなのに。

この人たちも聖ヘテロの邪悪さに身も心も染まってしまっているのだろうか。

「さぁ、入れ」

待ち受けていた大司教らにより、いよいよ裁判が行われる大聖堂への扉が開かれた。広い聖堂の中には、この裁判を一目見ようと集まった信者や巡礼者、さらには早くもリリスの裁判を聞きつけた各国の王女らでひしめいていた。

リリスが現れると聖堂内からは歓声や怒号が湧き、魔女だ、火炙りだ、などという罵声が飛ぶ。

それがリリスにとっては堪えがたかった。

ヴァイシュタット正教会の信者の心無い声が、まるで石の礫《つぶて》を投げつけられるがごとくリリスを打ちのめす。

――私は何もしていない。魔女なんかじゃない。

毅然《きぜん》としていようと思ったのに、あとほんの少し境界線を越えれば涙が零れてしまいそうだった。

牢獄に閉じ込められてから、もう、一生分も泣いたというのに。

リリスの気を挫くこともヘテロの企みのうちだとすれば、お見事というほか言葉が見つからない。

これだけの信者や貴族らを聖堂に集めるとは、明らかに公衆の面前でリリスを魔女と認定し処刑するつもりなのだろう。

フリードの花嫁選びの舞踏会に参加した王女が、なんとフリードを陥《おとしい》れる魔女だったと、思い込ませている。

一大《いちだい》センセーショナルに違いない。

真実は伏せられ、皆、聖ヘテロ教皇の言葉を疑わず、神のごとく信じ切っているようだ。

「リリス王女、お待たせいたしました。ようやく裁判を始められますな」

相変わらず煌びやかな法衣《ほうえ》を纏った聖ヘテロ教皇がリリスを蔑むように見下ろした。

彼は聖堂の祭壇の上で、まるで玉座のような黄金の椅子に座っている。

ヘテロを囲むように、宝冠を被った審判員らしき枢機卿が六名ほど並んでいた。

——審判員が全員、教皇の枢機卿なの……？

枢機卿とは、教皇の意のままに動く最高顧問メンバーだ。

これでは、自分の有罪が確定ではないか。

リリスは動揺してフリードの姿を探したが、どこにもいなかった。

まさか私を助けるために危険なことをして、この悪どいヘテロ達に捕まってなどいないわよね。

さすがにヘテロも現皇帝に手を出すことはしないだろう。

自分のことも心配だが、それよりもフリードのことが気にかかる。

「これより、ヴァイシュタット正教会の名において魔女裁判を執り行う。被疑者、リリス・シェリエ・ロゼリア、そなたは魔女の妖術を使ってフリード王を籠絡しこの国を邪悪に染めようとした。その罪を認めるか？」

底冷えのするような悪意に満ちた声だった。

その声の冷やかさに茨の紋様がじくじくと疼く。けれどリリスは怯《ひる》むことなく真っすぐにヘテロを睨みつけた。

「いいえ、私は魔女ではありません。ゆえに、妖術など使えません……」

「――ほう、ではその腕にある禍々しい紋様はどうしたことか。まさにその紋様は異端者である魔女の印。それにそなたが魔女だという証人も呼んでおる。入るがいい」

リリスが入ってきた扉とは違う、反対側の扉から現れたのは、なんとルヴィーナ王女だった。いつもの取り巻きの王女らも彼女の後に続いて聖堂の中へと入ってきた。

聖ヘテロ教皇の御前で一礼すると、おぞまし気な眼差しをリリスに向けた。

「ルヴィーナ王女、そなた、この者が魔女だと断言できるか？」

「はい、教皇様。私が聖ヘテロ教皇様の祝福を受けているとき、リリス王女は神聖な儀式にもかかわらず突然、狂ったように笑い出しました。聖ヘテロ教皇様が不審に思い、リリス王女に聖水を浴びせると彼女の左腕におぞましい……邪悪な茨の紋様が浮かび上がったのです。私はもう、恐ろしくて……。私だけではなく、一緒に同行した王女たちも彼女が魔女として正体を現す瞬間を目撃しました。聖ヘテロ教皇があの場にいらっしゃらなかったらと思うと恐ろしくて……」

ルヴィーナ王女は、芝居なのか本心なのかは分からないが、ぶるぶると震えだした。

「――教皇様、私たちもしっかりとこの目で見ました。リリス王女は魔女です！　妖術でフリード陛下を籠絡して花嫁となり、この国を意のままにしようと目論んだに違いありませんっ」

ルヴィーナ王女の取り巻きの王女らもここぞとばかりに彼女の尻馬に乗る。

確かに聖ヘテロに聖水をかけられ、彼女たちの前で呪いの紋様が浮き出てしまった。けれどそれも全て聖ヘテロによる陰謀なのに……。

「……違いますっ！　私は魔女なんかじゃありません。これは教皇に呪いをかけられて……」

「――リリス王女！　無駄な弁明は見苦しい。なにより王女のその腕に現れた邪悪な印が真実を物語っておりますぞ。審判員であられる枢機卿の方々の意見はいかに？」

ヘテロはリリスの口を制し、息のかかった枢機卿に話を振った。

「我々枢機卿団は、全員一致でリリス王女を魔女と認定いたします！」

まるであらかじめ決められたシナリオのように枢機卿団はリリスを黒と認定した。

正教会の裁判は公平で神聖なものだと思っていたリリスはあっけなく裏切られた。単なる茶番であり、教皇の配下にある枢機卿団にリリスの味方となる者はいない。

「違いますっ、私は魔女じゃないっ。フリード陛下に聞いてみてくださいっ」

リリスがヘテロに近づこうとすると、そばにいる修道士らに縄をぐいと引かれてしまう。

リリスの抵抗虚《むな》しく、教皇や枢機卿らによってことごとく糾弾される。

「ははは、フリード陛下にその体を投げ出し命乞いをするのか。おぞましい……。皆の者！　ヴァイシュタット正教会教皇及び枢機卿団の名において、リリス・シェリエ・ロゼリア王女を魔女と認定し、火炙りの刑に処すっ！」

静まり返る大聖堂で教皇が黄金の権杖を振りあげ高らかに宣言した。

恐ろし気な声音はリリスの全身を切り裂かんばかりに轟き渡る。

その瞬間、リリスの背筋がぞわりと冷え、両足がわなわなと震えだした。

――ああ、私、やっぱり処刑されるの……？

結局は運命を変えることなどできなかった。

この世界でも自分は死ぬ運命《さだめ》なんだ……。

ぎゅっと目を瞑って諦めかけた時、リリスと教皇の間に見覚えのある香水瓶がどこからか投げ込まれ、パリンと割れた。

「無礼なっ！　なに奴っ？」

香水瓶が投げこまれた方を誰もが一斉に注目した。

すると煌めく黄金の髪をなびかせ緋色のマントを羽織ったフリードが颯爽と現れた。

「教皇、これは一体どういうことだ？　なぜ私の大切な客人を捕らえて、このように無礼千万を働いている？」

フリードがリリスに近づき、きつく縛られていた両手の縄を短剣で切った。たちまち血の気の抜けた手に赤みが差してくる。

一気に血流が流れ出したせいか、足元がふらつき倒れそうになった。だがフリードがリリスの身体をがっしりと受け止めて支えた。

「フリードさまっ……」

「――リリス、遅くなってすまない。もう大丈夫だ。あと少し、頑張ってくれ」

フリードがリリスの耳元で囁く。あたたかな温もりが伝わって堪えていた涙がじわりと込み上げてきた。

「フリードさま……っ」

――助けに来てくれた……。

ただそれだけで嬉しい。

けれども感傷に浸る間もなく、教皇の蔑みの声が降ってきた。

「陛下はすっかりその魔女の妖術に嵌まっておりますな。魔女を庇うなど……、そんなにその邪悪な女の抱き心地が良かったのですかな?」

「――口を慎め」

聖堂を焼き尽くしかねない燃えさかる黄金の瞳でフリードが教皇を睨みつける。あまりの気迫に気圧《けお》され、ヘテロは思わずぐぅと口籠った。

リリスが二人を見比べるとその差は歴然としている。

生まれながら神に祝福され黄金のオーラを纏うフリードと、ただ黄金の宝飾物を身に着けただけのヘテロ。

こうして聖堂で見比べると、歴然としている。その身の内から輝く光が全く違う。

神に祝福されたフリードは、おのずとひれ伏してしまうような神々しさに包まれていた。

それを証明するように、集まった信者らも抗議の声をあげる者はいない。

「聖ヘテロ教皇、我が客人を勝手に投獄し、あまつさえ魔女の嫌疑をかけるとはどういうことか。お前をはじめ枢機卿達は頭がいかれてしまったのか?」

すると教皇が顔を真っ赤にして反論した。

「怖れながら頭がいかれたのは陛下の方ではありませんか? 見てのとおりその者の腕には魔女の刻印、禍々しい茨の紋様がございます。私はヴァイシュタット正教会の教皇として法典に則《のっと》り、異端者を裁く魔女裁判を速やかに執り行っただけのこと。魔女の審判は王家と言えども口をはさむことはできませんぞ」

「――なるほど。だが、魔女裁判の審判員は七人のはず。審判員全員の同意がないと魔女としては認められない。ヴァイシュタット皇帝である私も審判員の一人だが、なぜこの裁判に呼ばれていないのか」

「う……、それは陛下は政務でお忙しいと思い……。審判員が一人欠けても特例として魔女裁判を開くことは可能です」

「だが、欠けてはいないから特例は認められぬ。ここに皇帝の私がいるのだから」

フリードに逆に言質をとられ、聖へテロが黙り込む。

憎々し気にフリードを睨みつけた。

「では、皆の者もよく聞くがよい。改めて裁判をしようではないか。聖へテロ、リリスが魔女だという証はリリスの腕に現れた茨の紋様があるからか？」

「御意にございます。異端者、魔女としての揺るぎなき証拠でございます。この私が神聖な聖水を王女に浴びせましたところ、うまく隠していた邪悪な紋様、魔女の刻印が浮かび上がりました」

「――ほう、この紋様が魔女、異端者の証であるのだな？　なるほど、私もそこは同意しよう。この禍々しい紋様はまさに異端者の証であると。ここにいる審判員全員、異存はないな？」

フリードの言葉にリリスがぶるっと震える。だがフリードは大丈夫だと言わんばかりにリリスの手をぎゅっと握りしめた。

「——もちろん異存はございません。古来からの歴史書にあるように、異端者の身体には禍々しい刻印がございます。その茨の紋様こそ、身も心も魔に憑りつかれた者の証拠にございます……！」

審判員の枢機卿らも口をそろえて同意した。

「……よろしい。では、本当にリリスの腕の紋様が魔女の刻印か確かめようではないか」

「——確かめる？　どのように？」

聖堂に居合わせた者すべてが、フリードの言葉にぽかんとした。

確かめるも何も、すでにリリスの腕には禍々しい紋様が浮かび上がっている。

だが、フリードはパチンと指を鳴らすと、大聖堂の扉から古くて大きな黄金の鏡を抱えたジュート卿とバゼラルドが姿を現した。

リリスは二人の登場に目を瞠った。

「ふぅ、我が君、お持ちいたしました。宝物庫を探し回って見つけ出しましたよ」

フリードは力強く頷き、聖ヘテロ教皇に向き直る。

「この鏡は、王家に代々伝わるレガリア——、三種の神器のひとつ、真実の鏡だ」

「し、真実の鏡……？」

聖ヘテロが鸚鵡《おうむ》のように聞き返した。

「さよう！　私が戴冠したときにも、私の姿をこの真実の鏡に映しだした。王に相応しくない者は、この鏡には映らないと言われている。そなたも試してみるか？」

フリードがにやりと笑うと、聖ヘテロが思わずその鏡に映らないように後ずさった。

「こ、この期に及んで、フリード陛下はよほどリリス王女に籠絡されてしまったようだ。そんなもの無意味だっ」

「それはどうかな？　真実の鏡は王家の秘宝の一つゆえ、その存在を知らぬものは多いだろう。だが、我が国の正統な歴史書、ヴァイシュタット書紀には、およそ七百年前にも魔女裁判で使った事例が記載されている。どうやって使ったと思う？」

「そんな古い歴史書に書かれていることに、なんの信憑性《しんぴょうせい》もあるわけがない」

聖ヘテロがギリッと奥歯を嚙み締めた。

「信憑性があるかどうか、この真実の鏡が答えを出してくれる。早速やってみようか。この鏡は、真実を映すほかに呪い返しの効力があると言われている。――バゼラルドっ！」

するとバゼラルドがすっと聖堂の祭壇の前に進み出た。木の杖を持ち、大聖堂の隅々にまで響き渡るような声をあげた。

「――御意。いまこそ真の邪悪な者を明らかにすべき時が来ました。ここに集まる者たちよ。今こそ、真実が暴かれる。さぁ、真実の鏡よ、リリス・シェリエ・ロゼリア王女に呪いをかけた者にそっくりそのまま呪いを返すがよい！」

ジュート卿が鏡でリリスを映し出す。

すると不思議なことに聖堂のステンドグラスから差し込む光が鏡に反射し、リリスに降り注いだ。その瞬間、リリスの腕の禍々しい黒い紋様が空中に浮き上がり、鏡の中に吸い込まれていった。

目の前の光景を信じられず、誰もがあっけにとられて固唾《かたず》を呑んでいる。

そうして鏡に吸い込まれた紋様が、今度は鏡の中でさらに大きな黒い渦となって溢《あふ》れ出し、聖ヘテロ教皇を包み込んだ。

「なにをするっ！　やめろっ！　私は教皇だぞっ、うっ、うわぁぁぁっ！」

聖ヘテロ教皇が手をやみくもにばたつかせて黒い渦から逃げようとした。

だが間に合わなかった。

彼の黄金の法衣は黒い渦によって焼けただれ、彼の身体中に茨の紋様が顕《あらわ》れた。

「うう……、なんだ、これは……っ、ぐぅ……、だれか、みず……、水を……っ」

禍々しい紋様の浮き出た身体で、よろよろと枢機卿らに助けを求める。だが、枢機卿は皆、目の前の光景に恐れをなし、教皇が近付くとさっと恐ろし気に退《よ》けて誰も手を差し伸べない。

「聖ヘテロっ！　どうだ？　邪悪な紋様が浮かび上がっているのはリリスではなくお前の

ほうだっ！　禁忌の呪詛を操り、リリスを呪ったのは聖ヘテロ、お前だったのだなっ」

「ちが……、これは茶番だ……。私は教皇だっ。正教会の最高権力者の……っ」

「おやおや、聖ヘテロ。ついさっき、自分でその紋様の印がある者が異端者、魔女の証だと言ったはずだ。お前は男だから魔女ではなく、魔に憑りつかれた者だが」

聖ヘテロが目を血走らせて、フリードに飛び掛かろうとした。だが、フリードに手を届かせること叶わず、膝から崩れ落ちてそのまま床でもだえ苦しみはじめる。

それは教皇とも思えぬ、醜悪な姿だった。

一同は、教皇だった、いや、人間《ヒト》だった物の変わりゆく姿に恐れをなし息を呑んだ。

茨の紋様は、ヘテロの全身へと巻きつくように広がり、彼の身体を内側から灼いているようだった。

ぷすぷすと肉の焼けるような焦げ臭い臭気が漂い始める。

「リリスの苦しみを思い知るがいい……」

フリードが小さく、だが腹の底から吐き捨てるように呟いた。

「教皇に代わり裁きを下す。聖ヘテロこそ、異端者、魔に憑りつかれた者だ！　この者は他国と共謀し教会を意のままに操ろうとした。ジュートっ！」

今度はジュート卿が進み出て、聖堂内に響き渡る声をあげた。

「みなさん、聖ヘテロは、民衆から巻き上げた寄付金を他国に横流しして弾薬などの武器を購入しておりました。正教会の隠し部屋に、莫大《ばくだい》な弾薬が隠されているのを発見いたしました。また、聖職者でありながら若い修道女を毎晩のように祝福と称して夜伽《よとぎ》をさせ、一晩に何人もの女性に性奉仕をさせておりました」

ジュート卿の言葉に、リリスばかりか司祭や修道士らも驚きに息を呑んだ。

「――正教会が少女や若い修道女らを集め、他国に売りつける人身売買をしていたことが明るみになりました。今、まさに正教会の地下牢に捉えられていた修道女や子供らをフリード皇帝直属の騎士団が助け出しました」

すると皇帝の騎士団が聖堂から運び出した弾薬や武器の数々を祭壇前に並べ始めた。さらに修道女や小さな子供たちが騎士団に連れられて聖堂内に現れ、助かった喜びで泣き崩れていた。

「どうだ？　聖へテロ、弁明のしようがないだろう？　お前のその罪は万死に値する！　腐敗にまみれた正教会は皇帝の権力下に置き、不正に加担した枢機卿はじめ、その一味には厳罰を下す！」

あっけにとられていた枢機卿らが蜘蛛の子を散らすように逃げ出そうとするのを、フリード直属の騎士たちがあっというまに捕らえていた。

聖へテロ教皇も捕らえられ、騎士団によって縄で縛られて、どこかに連れていかれた。

ルヴィーナ王女はといえば、魂が抜けたようにへたり込んでしまっている。

「ルヴィーナ王女、へテロはどうやらバスクーム王国から武器を密輸していたらしいが、貴国の条約違反ではないかな。それにルヴィーナ王女も祝福と称して、毎日、手厚いもてなしをその身に受けていたとか？」

　フリードがルヴィーナ王女の耳元で意味深に囁く。

　すると、火が吹いたように顔を真っ赤にして、ルヴィーナ王女は大聖堂から逃げ出していった。

「リリス、遅くなってすまなかった。捕らえられた子供や女性たちが想定していたより多かったものだから、助け出すのに時間がかかってね……もう大丈夫だ……、――っと、リリスっ？」

　柔らかな黄金の瞳で微笑まれ、フリードの胸にぎゅっと包まれた。その瞬間、リリスの緊張の糸が途切れ、意識もろともフリードの腕の中に蕩けていった。

第九章　今生の誓い

身体がぽかぽかと温かい。

リリスはお気に入りの裏庭で日向《ひなた》ぼっこをしているかのような気分だった。さらに大好きないつものアールグレイの香りが漂ってきた。

きっとウィラがお茶を淹れてくれたのだろう。

でも、片側の頬に妙な冷たさを感じて、リリスは目を覚ました。片方の頬の上には濡れた布があてがわれており、少しだけひりひりした。

「ウィラ……？」

瞼をあけると、心配そうにリリスの頬に濡れた布をあてがっているウィラと目が合った。

「——リリス様っ、お目覚めですか？　もう丸一日も寝てらしたんですよ」

「うそ……。どうして？　わたし……」

ゆっくりと起き上がると、目の前に生々しい光景が蘇ってきた。

蛇のようなヘテロが自分を火炙りにすると声を張り上げていた。すんでのところでフリードが助けに来てくれたのだ。

「わたし、助かったの……？」

自分で身体を抱きしめて、独り言のように呟く。するとずっとウィラと共に控えていたらしいバゼラルドが進み出た。

「リリス様、もう、心配ご無用です。聖ヘテロがあなた様にかけた呪詛は、我が国のレガリアの一つである真実の鏡によって全て跳ね返されました。もうあなた様のお体に茨の紋様が浮かび上がり、苦しめられることはございません」

リリスがバゼラルドから話を聞いたところ、バゼラルドもフリードの命《めい》で呪い返しの方法をずっと調べていたのだという。王以外、読むのは禁忌とされる古書の中に、レガリアの一つである真実の鏡が、唯一、呪詛を跳ね返す力を秘めていることが分かった。

だが、その時すでにリリスは聖ヘテロに捕らえられてしまっていた。そのため、一《いち》か八《ばち》か、あの場でレガリアの効力を試したというのだ。

「人を呪うということはそれ相応の報いがございます。邪悪な息を吐けば、それは邪悪な雨となり己に降り注ぎます。聖ヘテロは慾《よく》や虚栄心に目が眩み、聖職者としての分別を忘れてしまった。心の中に悪魔を飼えば、いずれ自らの身体が喰い殺されます」

バゼラルドは溜息をついて頭《かぶり》を振った。

「ヘテロはどうなるの……？」

「フリード陛下はヘテロにリリス様が言い渡されたものと同様の極刑をお望みでした。リリス様の恐怖を思い知らせてやる、と息まいて」

「そ、そんな……」

リリスはぞくっとして自分を抱きしめた。あの時の尋常ではない恐怖が蘇る。

悪魔のような者であってもそのような恐ろしい処刑方法は、惨《むご》いことこの上ない。

「もちろん、我々は皆そう思っています。ですがジュート卿にそれでは数百年前と変わらないと諭されました。フリード陛下の治世は呪いや正教会がしてきた魔女狩りのようなことは許さず、全て正しき法により罰せられるべきだと。聖ヘテロや枢機卿など、此度《こたび》の陰謀に関わった者たちは正教会を破門され、王国の法に則り厳罰が下ることでしょう。ですが、聖ヘテロはそれよりも先に命を落とすでしょうな。自らの呪詛の呪い返しのために」

「じゃあ……私にかけられた呪いは……」

「すべてあの真実の鏡により解き放たれました。もう夜な夜な呪いの紋様で苦しむことも、その熱をフリード陛下に治めていただく必要もございません」

バゼラルドのその言葉に安堵したものの、リリスはどこか心の中にぽっかりと穴が空いたような気がした。

ほどなくバゼラルドとウィラが、消耗しきっているリリスを見て、部屋からそっと下がっていった。

もちろん、大勢の信者や民衆の前で魔女という烙印《らくいん》を押されて火炙りの刑を言い渡されたときは、背筋が凍りついた。その衝撃は忘れようと思っても忘れることなどできない。

でも、リリスはもう、フリードとの接点が何もなくなってしまったことに思いのほか打ちのめされていた。

これからは夜毎、フリードに抱かれることもない。

リリスとフリードを繋いでいた呪いは消え、リリスはただのお騒がせの小国の王女に戻っただけだ。

もちろん、これまでずっとフリードに迷惑をかけてしまったのだから、彼の荷が少しでも下りたことに感謝しないといけない。

なのにどうしてこんなにも悲しいの……？

フリードと肌を合わせてから知らなかったたくさんのことを教わった。

甘く揺れる舌で敏感な部分を愛撫され、至上の悦びがあることを知った。呪いの紋様を優しく撫でさすってくれて、身体中に甘いキスの雨を降らせてくれた。

彼は皇帝の義務として、招待国の王女の命を救うために抱いてくれただけなのに、そこに少しでも愛があると勘違いしてしまうなんて……。

――ほんとに馬鹿だな。わたし。

リリスは人知れず枕を濡らしていた。

あの衝撃の日からちょうど一週間、相変わらずリリスはフリードの寝室の隣の部屋で寝起きしていたが、肝心のフリードが皇帝の寝室で寝ている形跡はなかった。

ウィラや女官らの話では、王家の手が届かないことをいいことに、思いのほか正教会が汚職に塗れていたらしい。

レムール大聖堂をはじめ主要な教会の聖職者らを一掃し、新たな正教会の体制作りをフリード主導で行うことになったという。

そのため各国の外交官らと深夜まで協議を重ねていたが、その一方で、ルヴィーナ王女の国、バスクームと一触即発の状態に陥った。

フリードは戦も辞さぬ考えだった。だが、バスクームもいざヴァイシュタットからの宣戦布告の段になると、途端に戦に及び腰になり、各国のとりなしもあってフリードは徐々に怒りを収めているという。

「あわやフリード陛下がバスクームに攻め入るのかと思っていたのですが、バスクームは正教会が勝手にやっていただけだとシラを切ったらしいですわ」

「そうそう、ルヴィーナ王女も即刻、バスクームに戻されて尼僧院送りになるとか……。なんでもあの声に出すのもおぞましい聖へテロと身体の関係を結んだという証言が司祭たちから続々と出ているらしいの。穢《けが》れた身体でフリード陛下の花嫁に立候補していただなんて厚かましいにも程があるわ！」

リリスの見舞いに来た王女らが、怒りを露にした。

彼女たちも一瞬でも、リリスを魔女だと疑ってしまったことに、心からの謝罪を申し入れてくれた。

「バスクーム王国一派は、ヴァイシュタットの報復を怖れているみたいですわ。属国の王女たちも続々と、この花嫁選びの舞踏会から去っていきましたもの」

「ふふ、もう舞踏会を開くまでもないわよね。だって花嫁は決まったも同然だもの」

「そうそう、特にフリード陛下が目をかけている王女がいたのですものね」

リリスはその話に目を丸くした。そんな王女がいたとは初耳だった。

「へ、陛下が目をかけている王女がいらっしゃったの……？」

リリスが聞き返すと、二人の王女は顔を見合わせてぷっと笑い転げた。

「いやだ、リリス王女はまだご存じないのね」

「フリード陛下は、私たち招待国の王女たちに公言しているのに。想いを寄せている王女がいるから、もう心は決まったと」

では、フリードは心に秘める想い人がいたにもかかわらず、私を救おうとしてくれていたの？

牢屋でのキスも、私の心を落ち着け、呪いの痛みを少しでも和らげるために意に染まぬことをしてくれたんだわ……。

王女たちはニヤニヤと笑いながらリリスの寝室を後にした。

入れ違いに、リリスの母国、ロゼリア父王の名代の使者がやってきて、父からのお小言をたっぷりと聞かされた。

どう伝え聞かされているのか分からないが、ヴァイシュタットでのリリスの振る舞いの数々に、父王はたいそう立腹しているらしい。訪問国の王であるフリードに迷惑をかけ、魔女という濡れ衣を着せられたのも、リリスの行いが悪かったせいだと思い込んでいるようだ。

即刻、帰国せよ、との厳命だった。

「王女様、ウィラ殿。明日の早朝、帰国の馬車をご用意いたします。本日中に荷造りを」

母国の使者は冷たく言って、王宮を後にした。

「王女様……、どうしましょう。フリード陛下にお伝えしようと思うのですが、全くつかまらない状況で……。どうして陛下はリリス様の元に来ないのでしょうか」

「……いいのよ。だってもう呪いも解けたんだし、彼からすればなんの関わりもないもの。御礼のお手紙を残していきましょう。さっさといなくなった方が彼の負担が減るというものよ……」

「――そんなことございませんっ。私、今から陛下を探してきます。だってリリス様は……」

「ウィラ！　よしましょう。フリードに明日帰ることも伝える必要はないわ」

「リリス様……」

そう。このまま。

もう一度でもフリードに会ってしまうと、心が悲しくて引き裂かれそうになってしまうから。

「――結局、どこかの国のお婿さんは連れ帰ることができなかったから、きっとお父様に尼僧院に送られてしまうかもしれないわね」

リリスはウィラに笑顔を作ってみせた。

でも、心が痛みで悲鳴をあげていることはリリス以外の誰にも分からなかった。

……*……………*……………*……

その夜。

荷造りをすっかり終えたリリスは、一枚の便箋をしたためた。

やっぱり最後に感謝の気持ちをフリードに残しておきたいという思いからだ。

便箋を封筒に入れて蠟を垂らし、王女の紋章入りの指輪で封をする。

そして、最後にその便箋に想いを込めて口づけをする。

――フリード様、大好き。私の恋は叶わなかったけれど、どうか幸せになって……。

リリスが目を閉じて祈っていると、バタンと大きな音を立てて扉が開き驚いて振り返った。

「ふ、フリードさ……ま？」

この一週間、あまり睡眠がとれていないのか、少しだけやつれた風体の彼の姿に圧倒される。口を引き結んでいて、どこか怒っているようでもある。

「たった今、ウィラが知らせてくれた。明日の早朝に君が僕に黙って帰国すると聞いた」

その声が不機嫌なこと、この上ない。

――これは御礼の挨拶もせずに帰る非礼に怒っているのよね？

「あの、帰国のご挨拶もできずにすみません。お忙しいと聞いたので、お手紙をしたためました」

リリスが手紙を渡すと、フリードが受け取って中身を読んだ。

呪いを解呪してくれた感謝と、夜な夜な嫌な義務を押し付けてしまったことに対するお詫びだった。

フリードはその手紙を読むと、はぁと重たげに溜息を吐く。

――御礼のお手紙だけでは足りなかった？

彼の手から滑り落ちた手紙を見て、リリスが心配そうにフリードを見上げる。

「――リリス、君は何も分かっていない。僕が毎晩、いやいや君を抱いていたとでも？」

リリスは思いがけない言葉にきょとんとする。

「――そうでは、ないのですか……？」

フリードは片手で額を抑えて天を仰いだ。

「もちろん、君の呪いの解呪の為もある。だが、君でなければいくら呪いの解呪でもだれ構わずに僕は女性を抱かない。リリス、君が愛しいから抱いたんだよ」

「い、愛しいって……、フリード様が私を……？」

「君以外に誰がいるというんだ。前世から僕には君しかいないのに……」

――ちょっと、待って。

今、フリードが驚くべきことをさらりと明かしている。

リリスは目をぱちくりさせた。

「――ぜ、前世？　前世って……」

「リリスは前世で僕の愛した人の生まれ変わりなんだ。だが、彼女は酷い嫉妬により婚約パーティーの場で毒殺されてしまった。僕はどんなに後悔したことか。君が命を落とした後、僕は君の墓前で、剣で心臓を貫き君の後を追った。そのお陰か、こうしてまた君の傍に生まれ変わることができた。リリスは前世を覚えていないかもしれないが……」

「――なんてこと……。前世の私のせいであなたも命を落としただなんて……」

「リリス、君も前世の記憶があるのかい？」

「はい、だから……、だから私は今世では誰も好きにならないと決めたの。自分の天寿を全うするために。でも、前世で陛下が私の後を追ったなんて……」

リリスは前世で愛した人の哀《かな》しい結末を知り、涙を溢れさせた。

「前世は前世だ。今は違う人間なのだから。ただ今世では前世のように君を守れなかったという不甲斐ないことだけはしないと誓った。温室で育てていたシオンの花は、前世で君が好きだった花なんだ。だから僕はシオンの花に誓った。今世では必ず君を幸せにすると」

フリードはすっと片足を引いて、リリスの前に跪いた。

リリスの両手を包んで、想いを込めたまっすぐな瞳を向ける。

「君が幼い頃から、僕はリリスというたった一人のかけがえのない女性を愛している」

急に甘さを増した声で彼に手の甲を撫でられリリスはドギマギした。

胸がざわざわと波立ち、抑えていた恋心が溢れそうになる。

「リリス・シェリア・ロゼリア、心から君を愛している。どうかずっと僕の傍にいてほしい」

フリードがリリスの手に口づけをする。

心を込めて今生《こんじょう》の名を呼ばれ、リリスは感動に打ち震えた。

フリードが、今の自分を愛してくれている……？

――でも、でも……。

「わたし……。私は小国の王女で、フリードには釣り合わなくて……」

「だから？　君の気持ちは……？」

「……いすき……」

「うん？　聴こえない。もっと大きな声で言って？」

「わ、私もフリードのことが好き……っ。愛しています。あなたにずっと可愛がられたい……っ」

するとフリードが思い切りリリスをその腕の中に抱きしめる。

「僕のリリス……。一生、可愛がって離さないよ」

砂糖のような甘い言葉と同じくらい、甘い口づけが贈り物のように舞い降りた。


……＊……………＊……………＊……


「――ん、可愛い。どこもかしこも甘い……」

リリスとフリードはお互い、生まれたままの姿で愛し合っていた。

今の彼らには必要のない前世という衣も脱ぎ捨て、ただのフリードとリリスとして肌と肌を重ね合う。

柔らかな肢体に圧《の》し掛かる逞しく鍛えられた肉体。それはフリードの日々の研鑽《けんさん》の賜物《たまもの》だった。

「あ……あぁん……っ」

もう身体に呪いの紋様はないというのに、フリードは柔らかな肌の上をくまなく啄んでいく。

特に、薔薇の蕾のようにリリスの乳房の上で色づく突起がフリードのお気に入りだ。舌で転がしては、甘噛みし、硬く凝《しこ》った蕾をちゅうっときつく吸い上げる。

たちまちリリスの性感が刺激され、まるで全身をとろ火で煮込まれているようにじわじわと沸騰していく。

今度は後ろから抱き竦《すく》められ、乳首を二本の指で挟まれた。くりくりといやらしく捏ねまわされ、リリスは思わずたじろいだ。そうされる間も、うなじをきつく吸われて、リリスの敏感な身体がびくびくと震える。

もどかしい快感にリリスの脚の付け根が疼き、とろりと蜜が滴り落ちる。

蜜口がひくひくと戦慄き、はやくそこを可愛がって欲しいと訴えている。

「リリス、君の啼きどころを可愛がって欲しいかい？」

問われながらきゅうんっと乳首を摘ままれ、リリスは腰を跳ね上げさせた。脚の付け根の芯のようなものが、胸の頂と敏感な糸で繋がっているみたいに、じくじくと疼く。

リリスは満足に声も出せずに、ただこくりと頷いた。

――たっぷりと舐めて、指で弄《いじ》ってあやしてほしい。

呪いはもうかけられていないはずなのに、淫猥な気持ちが湧き上がる。

純粋に、フリードにただ淫らなことをされるのを求めていた。

「じゃあ、脚を開いて自分で君の可愛い啼きどころを僕に見せてごらん」

――そんなはずかしいこと……。

一瞬だけ羞恥が頭をかすめたが、リリスの身体が欲望に勝ってしまう。どきどきしながらもフリードに言われるがまま、勝手に身体が動いていた。

はずかしさに堪えながら、おずおずと脚を広げて花びらを割り開く。

ひとえにフリードにたっぷりとあやされて可愛がられたいからだ。

自分の身体のどこもかしこも、フリードに愛され、性の悦びを受けるために神様が作ったのではないかと錯覚するほどに。

「――可愛らしい。まるで咲き初めの薔薇のような初々しさだ。リリスの泉からたくさんの花の蜜が滴っている。上の方にある蕾はぷっくりと赤く熟れて、しゃぶったら美味しそうだ」

男の熱い視線に晒されながら、恥ずかしい言葉を浴びせられ、リリスの淫唇がヒクヒクと騒めいた。蜜口もまるで誘うように淫靡《いんび》に蠕動《ぜんどう》している。

――ああ、見ていられない。

はしたなくも、そこが甘い愛撫を期待しているのだ。ヒクつきが止まらない。

「いじらしいな。私に可愛がられるのを待ち焦がれている」

フリードの手がリリスの滑らかな腿をさらにぐいと押し開き、リリスの秘部へ顔を埋めていく。

その姿が卑猥で、艶めかしい。

長い舌を伸ばして蜜を掬い上げる。熱い舌ざわりに、リリスは再びぶるっと震えた。

「そのままで。柔らかな花びらを指で開いたままにしているんだよ」

そう命じられて、羞恥にプルプルと指も脚も震えてきた。

心を許す相手だとしても、男の目に触れさせることは勇気がいる。

怖いけれど、それ以上に例えようのない快楽を得たくて、リリスはぎゅっと目を閉じる。

だが、それがいけなかった。

触覚が鋭敏になり、フリードのざらついた舌の感触が、まざまざと伝わってくる。

肉厚な舌のひらが蜜を掬って秘裂をねっとりと這い上り、リリスの花びらを余すところなく大胆に舐め上げる。

包皮を舌で捲られ、敏感な秘芯に熱い舌肉が押しあてられた。

「ひ……、ひあ……あぁ――……ッ」

たちどころに鋭い愉悦が全身に広がり、目の前で火花が爆《は》ぜる。

「なんと美味だ……。呪詛をかけられていないそなたはまるで朝露のように瑞々しい」

フリードは滴る透明な蜜を掬い上げて、リリスの花びらをあますところなく味わう。

自ら女陰の花園を拡げて雌蕊《めしべ》をさらけ出すリリスは、快楽に咽び泣いた。

コリっと芯をもった秘芯に優しく吸いつかれて、これまでと比べ物にならないほどの愉悦の奔流に襲われる。

「あんっ……。あ……そこっ、やぁっ……」

フリードに吸われるたびに腰がガクガクと揺れる。

可愛がって欲しいというリリスの言葉どおり、フリードは剥き出しになった桃色の突起を舌で捏ね、コリコリと舌先で舐《な》め回しては、口に含んでじゅっと吸い上げた。

リリスは快楽に蕩けて朦朧《もうろう》とする意識の中で、はぁはぁと息を弾ませながら腰を悶えさせる。

じゅるじゅると淫猥な水音をあげてたっぷりと啜られ、綻んだ花びらも一枚一枚、丁寧に舐められる。

「く……はぁっ、あんっ……」

「……美味《うま》い」

雌の秘園をしゃぶる姿が卑猥なことこの上ない。

――この大陸で勇猛にして冷徹と言われるフリードが……。

生まれたままの姿で、リリスの脚を拡げて女の蜜を美味しそうに吸い上げ、硬く膨らんだ淫核を甘玉のように口に含んでいる。

筋肉質な肩や腕の肉が盛り上がり、生まれたままの体躯がよりいっそう艶めかしさを強調している。

長くて濃い黄金の睫毛が、リリスの秘部を甘そうに味わうたびに揺れている。その淫蕩な姿に、お腹の奥が重だるくきゅうんと疼く。

生々しい舌や口の感触に下半身は蕩け切って、リリスの目の前にいくつもの星が飛ぶ。

「も……、やぁっ……、だめなの……っ。そこは……」

「あれほど可愛がってほしいと言っていたのに、困った王女様だ」

リリスは痺れるような快楽のせいで舌足らずに喘ぎ、頑是《がんぜ》ない子供のようにいやいやと髪を振り乱した。

だがリリスの可愛い抵抗などお構いなしに、獣がご馳走に喰らいつくがごとく、甘い蜜や秘芯を一心に舐めしゃぶっている。

「ここも一緒に気持ちよくなりたいだろう?」

フリードは美しい黄金の瞳に妖艶さを滲ませて、くすりと微笑んだ。男らしくごつごつしていながらも、長く伸びるすらりとした指をリリスの秘孔に挿し入れる。

そのままゆっくりと、ぬぷぬぷと音を立てて泥濘《ぬかるみ》の中を出し入れされ、リリスは全身を小刻みに震わせた。

甘い疼きが身体中の神経に広がって、蜜窟がきゅうんと締まる。

「可愛くて小さな孔なのに、ココは私のイチモツを根元まで呑み込むから貪欲だな」

「やぁ……っ。言わないで……」

「今夜リリスにも見せてあげよう。君の慎ましい下の唇が私の太い男根をたっぷりと頬張《ほおば》る様《さま》を」

指を増やして中を攪拌《かくはん》されながら、大小の花びらも舌で丁寧に愛撫される。極めつけに、蜜路にある擦られるとぞくぞくする部分を指でぐいっと押されながら、淫玉を舌と唇で押し潰すように吸い上げられた。

「ひぁぁ――……っ」

鮮烈な快楽の蜜槍がリリスの全身を突き抜ける。

下肢からだらしなく力が抜け、腰がガクガクとはしたなく揺れた。

眼裏《まなうら》で瞳がぐるりとひっくり返り、頭の中がチカチカして意識が身体から抜けて行ってしまったみたいな感覚に襲われる。

「んく……あ……、んぅ……、わたし……」

「ふふ、びしょびしょだ。蜜もだいぶ吹き零して気持ちよくなれたようだな」

フリードがぐっしょりと濡れた唇を拭いながら上半身を起こした。

彼はまるで神の像のごとく、神々しく美しかった。

素肌の筋肉は、まるでなめした革のように滑らかに隆起して惚《ほ》れ惚《ぼ》れするような造形を浮かび上がらせている。

広い胸板からきゅっと引き締まった腰、彼の脚の付け根の茂みから突き出す雄々しい存在がリリスの視界に飛び込んできた。

綺麗に割れた腹筋の下のお臍の下方には、男らしい濃い金色の繁みがあり、赤黒くグロテスクな陰茎ははち切れんばかりに、ビンっと太い槍のように聳《そび》え勃っている。

こんなにもまざまざと目にしたのは、これが初めてだった。

「一週間もリリスを味わえなかったんだ。今夜はたっぷりとリリスを堪能したい」

――ほら、リリスも感じてごらん？　と、リリスの膝を左右に開き、長大な陰茎を秘裂に沿わせて前後になすりつけてきた。

想像をはるかに超えた質量がのしかかり、大きく括《くび》れた雁首で淫核を擦られ、リリスは強い刺激にお漏らしをしそうになりブルブルと震えた。

「ああ、私の男根が柔らかな花びらの寝床で悦んでいる」

ヌチュヌチュと淫唇を割りながら肉棒を上下させ、リリスの肉びらの感触を堪能しきっている。

まるで獣がこの縄張りは自分のものだとマーキングしているようだ。

あまりの太さとみっしりとした重量感に、リリスは息も絶え絶えになる。

「ああ……。なんという柔らかさだ……。極上の絹に包まれているようだ」

フリードが熱に浮かされたかのごとく、腰を何度か前後させる。するとビクビクっと陰茎が胴震いし、すぐに夥しいほどの熱い白濁をリリスの胎に浴びせかけた。

「く――っ……」

ビュクビュクとまるで栓を抜いたエールのように熱い飛沫が迸る。苦し気に眉を寄せているのに、雄のフェロモンを振りまいているような、凄艶な表情のフリードがとてつもなく淫らで素敵だ。

「――ふっ……。そう見つめるな。リリスを七日もずっと抱いていなかったから、我慢の限界だった。いつもはこんなに早くないだろう?」

射精を終えると、フリードがちょっと気まずそうな表情で髪をかき上げた。どうやら自分が先に果ててしまったことを不本意に思っているらしい。

リリスは愉悦に蕩けながらも、そんなフリードが愛おしくて笑みを零した。なのに、フリードは悪戯を思いついた子供のように、瞳を妖しく揺らめかせた。

「こんなに早く果てたのはリリスのせいだ。君の全てが気持ちよすぎるのがいけない。お仕置きにこれを君の清らかな舌で舐めてまた僕を張らせてくれ」

眼前でフリードの雄々しい男根がビンと揺れる。

——また張らせて、と言ったけれど十分、力が張っている。

リリスは幹のような太い根元に手を添えて、白蜜が滴る切っ先に口づけた。想像を遥《はる》かに超えた熱と雄の香りが鼻腔に充満し、雄のフェロモン満載の匂いに頭がぼうっとなる。

淫らなことこの上ないのに、脳髄が沸騰して欲望で煮えたぎっている。

フリードが自分を可愛がってくれたように、雄々しい男根を口で慰めてみたい。

リリスはフリードの剛直に唇を近付けた。

卑猥な造形の亀頭の先から白濁の残滓《ざんし》が垂れ、それに口づけてじゅっと吸う。何とも言えない、苦みのある淫猥な味が口の中に広がっていく。

これがフリードの味なのだと思うと、お腹の奥がずきんと疼いた。

そのまま嵩《かさ》の張ったエラを丸ごと含んでみると、たちまち口の中が一杯になった。

——こ、こんなに大きいの……？

まるで卑猥な生き物のようだ。

リリスはそれを宥めるように、舌を亀頭にたっぷりと絡めてから吸い上げた。

「——っ」

リリスの頭に添えられたフリードの両手が、心なしか力が入ってぶるっと震えた。

さらにリリスが満遍なく舐めて吸いつこうとした時、フリードが急に体勢を変えてリリスをそのままベッドに押し倒した。

「……フリードさま……？」

「これ以上はさすがの俺も、もう持たない」

リリスの前で素の自分を晒し、飾らずに「俺」と呼んだフリード。そんな彼が堪らなく愛おしくて身体の芯が、きゅんと打ち震える。

「早くそなたの中に入りたい」

フリードはリリスの太腿を持ち上げると、蕩け切った蜜口に躊躇なく熱杭を咥えさせていく。

「ああっ……、ひぁ、あぁぁ……んっ」

亀頭の切っ先が蜜口にほんの少し潜り込んだだけで、リリスは堪らずに嬌声をあげた。

狭隘な襞肉が太い切っ先でずぷずぷと押し開かれていく。

「ああ……、リリスの中、極上の花の蜜路だ」

「あ……、はぁ、あんっ……」

リリスは嬉し涙を流しながら、フリードの欲望の楔を迎え入れた。

ずっと幼い頃から求めても得られなかった想いが、今ようやく叶う。

愛する人に貫かれることが、こんなにも切なく、そして美しいものだと知った。

根元まで挿入すると、フリードが腰を激しく前後させる。フリードの脈打つ熱杭に立て続けに突き上げられて、リリスの膣肉がきゅんと収斂《しゅうれん》する。

腰を高く掲げあげられると、リリスの慎ましかった下の唇が淫猥な涎を垂れ流して、雄茎を美味しそうに呑み込んでいる様子が視界に入り込む。

フリードは蜜に塗れた長い陰茎をリリスに見せつけるように、腰を淫らに動かしゆっくりと己を出し入れした。

「リリスが私を呑み込んでいるのが分かるかい？」

雁首を引き摺りだすと、蜜口から離さずに、まるで口づけをしたまま、すぐにぬぽりと最奥を穿つ。

「あぁ……、熱い……っ」

「リリスの中が喜んでいる」

胎の底に淫靡な熱がたまり限界まで膨らんでいく。強い快楽に酔いしれ、突き上げられるたびに、膣が蕩けるような悦楽に襲われた。

なんども昇天しては、もっとそれが欲しくなる。欲望の赴くまま自ら腰を揺らして、フリードの雄を咥えこんだ。

「リリスの唇は、どこもかしこも全部可愛い……」

――フリードの言葉が意味しているのは、リリスのはしたない下の唇も含んでいるのだろう。

　誉め言葉なのか分からないまま、リリスはフリードの肉棒にこれでもかと肉奥を揺さぶられる。

「ああっ、フリードさまっ。深いっ。もうだめ、変になっちゃう……」

「リリス……、二度目はもっと長く持たせたかったんだが……。すまない、悦すぎてこれ以上長く持ちそうにない」

　ごりっと剛直の先端で堪らないところを容赦なく擦り上げられる。

　リリスの膣肉がフリードの形が分かるほど彼をきつく締め付けるせいで、まざまざと彼の男根の形を感じ、狂おしいほどの甘い痺れに悶絶する。

「あんっ……、腰、溶けちゃう……」

「く――。可愛いことを言う。リリス、君を一生離せそうにない」

　精を搾り取ろうと、びくびくっと膣が収斂してフリードの雄根を締め付ける。甘苦しい快楽に、リリスはフリードの胸にぎゅっとしがみ付いた。

　刹那、フリードの唸り声と共に夥しい飛沫が弾け、リリスの胎内を零れんばかりに満たしていく。

　込み上げる法悦に目が眩み、リリスはただ愛しいフリードの体温を感じていた。

身体の奥に沁《し》み込んでいく、フリードの熱が心地いい……。

今生《こんじょう》の彼の全てが愛おしくて、リリスは幸せに浸りながら啜り泣いた。

「——痛かったのか？」

フリードがヒクヒクと啜り泣くリリスを心配げに覗き込んだ。

「ちがうの。幸せすぎて……」

誰も愛さず、誰にも愛されない。今世はそう生きて行こうと心に決めた。

諦めたはずだった幸せに、今、包まれていることが信じられない。

——愛しています。

リリスがそう囁いた。

するとフリードが繋がりながら、リリスの頬を優しく包んで口づけをする。

性交の甘い痺れに似た余韻に浸りながら、たっぷりとお互いを口で愛撫しあう。

「愛くるしい……。私のリリス……」

二人とも忘我の境地でただ貪りあった。

ひとしきり互いを堪能した後、フリードがリリスの腰を持ち上げて、自身をゆっくりと引き抜いていく。媚肉を擦られる甘い感触に、リリスは喉を鳴らした。

するとビクンと雄茎が脈動する。

口づけのせいなのか、フリードはいまだ雄々しいまま漲っていた。彼のものが完全に抜けていくと、蜜壺からたっぷりと注がれた精が溢れて零れ落ちていく。

改めて、フリードの精力に目を丸くした。

「まだまだ注ぎ足りない。今夜はリリスを離さないよ」

ぎょっとするリリスに、フリードが悪魔のように微笑んだ。

――今ならわかる。

呪いをも浄化してしまうほど、彼の精力が尋常ではないことを。

「溢れて零れると困るから、また蓋をしような」

「ひぁ……んっ」

リリスはいとも簡単にくるりと裏返され、四《よ》つん這《ば》いにされて尻を持ち上げられた。

「ああ、せっかく注いだ白濁をこんなに垂れ流していけない子だ」

それ以降の夜のことは、ヒクつく秘孔に長い竿を埋められたところまでの記憶しか残っていなかった。

エピローグ

翌朝は紺碧《こんぺき》の空が王都に広がっていた。

絶好の旅行日和ではあるが、早朝に母国に向けて出立するはずだったリリスは、結局、昼過ぎになっても馬車寄せに現れなかった。

父王の忠実な使者は怒りも露にリリスをたたき起こそうと、ずかずかと王宮に入り込んできた。ウィラの制止を振り切って、声を荒げてリリスの寝室の扉を勢いよく開けた。

「リリス王女——、ひっ⁉」

すると上半身裸のフリードの腕に包まれて、リリスがすやすやと寝息を立てている。しかもじろりとフリードに睨まれて、リリスの父王の使者は泡を吹いて卒倒した。

「まったく、朝からはた迷惑な奴だ」

フリードは胡散臭《うさんくさ》い使者に眉を寄せ、ジュート卿に指示して指先でそいつを片付けろと指示を出す。

だが、いつも早起きなリリスが起きられないのはそもそもフリードのせいだ。

結局、理性が抑えられずに明け方までリリスを貪ってしまい、フリードも反省していた。

「しかたない、可哀そうだがリリスをそろそろ起こそうか」

「お二人の愛の営みが奏でる音色が、一晩中、王宮に響きわたっていたとか。我が君は頑丈でも、リリス王女はたおやかな女性。流石にお起しするのは可哀そうでは？」

しれっとした顔でジュート卿が嫌味を言う。

「ではロゼリア王国への出立を明日に延ばせ。私も一緒に行く」

するとジュート卿が御意、と短く返し、代わりに温室から毎朝、届けられるシオンの花束をフリードへと差し出した。

「シオンの花言葉は追憶という意味も込められているそうですね」

フリードは少し考えてから、その花束を受け取った。

自分の腕の中で心地よい眠りを貪っているリリスにそっと花束を捧げる。

「前世のリリスと前世の私に捧ぐ。君たちの儚《はかな》い恋を哀しく思う。これからは、今の私とリリスを見守っていてくれ……」

どこからともなく風が吹き、可憐な花びらが揺れている。

フリードは寝ているリリスに、誓いを込めた口づけを落とした。


……＊……＊……＊……

「――あの、それでどうしてフリード陛下がこの馬車にいるんです？」

リリスは父王が寄越したロゼリア王国の紋章の入った馬車で出立しようとした寸前、フリードがニコニコしながらも強引に乗り込んできた。

なぜか情報が錯綜《さくそう》して、色々誤解をしているらしい父王に事情を説明するため、リリスはウィラとも相談して、やはり一時帰国をすることにした。

ほんとうは昨日出立するはずだったが、フリードに一晩中愛されて足腰が立たず、結局、一日遅れでようやく馬車に乗り込むことができたのだ。

束の間、ほっとするも、いざ馬車が動き出そうとすると、急に出発を止められてフリードがずかずかと乗り込んできた。

そして、当然とばかりにリリスの目の前に腰を下ろしている。

「酷いな。僕を置いて行こうとするなんて」

「一時帰国するだけです。……事後処理でお忙しいと聞きましたが……」

――そう。

フリードは寝る時間さえもないほど、正教会の対処や、バスクーム王国への対応に奔走していたという。

なのにどういう訳か、今はこうしてのんびりとリリスと同じ馬車に揺られている。

「正教会は新しい教皇も枢機卿も定めたし、バスクームとのことは、ジュートに任せた。それにウィラから君が花婿を連れて帰らねば、尼僧院送りになると聞いてね。私の花嫁が尼僧院に行ってしまったら結婚できないからな。君の父上に結婚の許可も得たいし。僕のことを認めてくれるといいが……」

フリードは心配げに端正な眉を寄せた。

本気で許しを得られるか、心配しているようだった。

フリードを連れ帰ったら、それこそ、父や母が卒倒してしまうだろう。

「あの、フリード様、お立場をお弁《わきま》え下さい。フリード様ともあろう人が、そんな軽々しい理由でただの小国を訪れてはいけません……」

「ただの小国ではないだろう？　愛しい花嫁の母国だからな。土産の品もたっぷりと後ろの馬車に積みこんだことだし、君の父上や母上も気に入ってくれるといいが……」

その声に偽りはなさそうだ。真剣に思い悩んでいるらしい。

「あの、本当にフリード様と一緒に帰国したら、父も母もびっくりしてしまいます」

「だが、リリスが僕との婚約を話しても信じてくれなかったらどうする？　リリスは尼僧院に送られてしまうかもしれない」

――確かにその懸念はある。

フリードに求婚されたと話しても、頭がおかしくなったのかと思われてしまうだろう。

「だから一緒に帰った方がいいだろう？　それにリリスといっときでも離れるのが辛いんだよ」

リリスはフリードにグイと腕を引き寄せられ、逞しい腿の上に座らせられてしまう。

「ちょ、フリードさまっ」

リリスが声をあげると、首筋に温かな息がかかった。そのひと吹きでリリスの身体がぴくっと反応する。

「ロゼリアの首都に着くまで、たっぷり時間はあるよ？」

うなじを甘噛みされてリリスはぷるりと震えた。背後から包み込むように抱きしめられ、胸もやわやわと揉《も》み解《ほぐ》される。

「ん、今日も可愛い。脚、開いてごらん。ロゼリアに着くまでの間、ここを可愛がってあげよう」

シャッとフリードが馬車のカーテンを引いた。同時に太腿を持ち上げられ、ドレスを捲り上げられた。露になった脚を開かれ、ドロワーズの隙間から秘所に指を挿し入れられる。

ヒクっと秘壺が戦慄いた。

「やぁ……っ」

「ああ、とろとろ。ふ、期待した？　花びらからもう甘い蜜が滴っている」

ゆっくりと秘裂に沿って甘く優しくリリスを愛で始める。

「……ひぁ、あぁ……んっ」

「ああ、もうぐちゅぐちゅ。ほら、こんなに溢れさせて可愛いな。リリスの雌蕊がぷっくりと膨れているよ」

くりんと指先で剝き出しになった淫芯をまるくなぞられた。その瞬間、鮮烈な快楽に襲われ、あっけなく理性が吹き飛ばされる。

たちまち愛蜜がとめどなく零れだした。

秘裂に沿うように上下に撫でられくちゅくちゅと搔き混ぜられては、溢れる愉悦を我慢することなどできない。

しかも秘玉をクリクリと弄ばれるたびに、腰がぷるぷると震えてどうしていいか分からなくなる。

「いい子だ、リリス。今は指だけど、後でたっぷりと俺を味わわせてあげるから」

ヌプヌプと指でこれでもかと蜜壺を愛撫される。一本では満足できなそうなリリスをみて、フリードは指を三本挿れて中をたっぷりと搔き混ぜた。

「ひぅ……、んっ、んぅ……っ」

淫玉をあやされながら、蜜壁を拡げられて抽挿されてはひとたまりもない。

「どうだ？　気持ちいいか？」

耳朶に吹きかかるフリードの声音もあいまって、リリスは声にならない快楽を放出させせた。蜜が噴水のようにぴゅっと散る。

「ふ、潮を零してしまうほど気持ちがよいか」

フリードが満足げに呟く。

たっぷりと時間をかけて感覚がなくなるほど秘唇を解され、花芽を揺すられリリスは馬車の中であられもない姿のまま、フリードの指技に悶絶《もんぜつ》した。

車輪の音でかき消されるからいいものの、ずっと甘い声をあげ通しだった。

昼過ぎにロゼリアに到着したときには、とうとうリリスはぐったりして腰が抜けてしまい、立ち上がれなかった。

「ばかっ、ばかっ。フリードのせいなんだからぁっ」

フリードは悪びれずに微笑んだ。

涙目で睨むリリスが可愛い。もっと彼女を可愛がって虐《いじ》めたい。

ここがヴァイシュタットなら、このまま馬車の中でリリスに己の欲を注いでいたことだろう。

だが、馬車の外には、渋面を顔に張りつけたリリスの父王、ロゼリア王が待ち構えていた。

ジュート卿の情報によると、リリスが失態を犯したせいで、魔女だと疑われたと思って立腹しているらしい。

まったくロゼリアは、いったいどういう情報網を使っているのか。

父であるなら、もっと娘を信じてあげなくては可哀そうではないか。

しかもリリスは危うく殺されかけたのだ。

従僕が馬車のドアを開けると、ロゼリア王は今にも怒鳴り込んできそうな勢いだった。

だが思いもかけない人物――、フリードが悠然と馬車から降りると、あんぐりと口を開けた。

「フリード陛下？　なぜあなたがここに……？　うちの馬車で？」

フリードは笑いを噛みしめながら馬車を降りた。

「お久しぶりです。ロゼリア王。あなたがリリスに花婿を連れ帰って来いと命じたとか。その命に従って参りました」

意味が分からず、ロゼリア王と王妃が困惑げに顔を見合わせている。

「いや、誤解があるようです。私は貴国の花嫁探しの舞踏会で、リリスに自分の花婿を連れて帰って来いと命じたわけでして。ヴァイシュタット皇帝を連れ帰れとは……」

「聞こえませんでしたか？　リリスに求婚したんです。僕がリリスの花婿になる男です」

フリードはあっけにとられるロゼリア王に背を向けて、リリスを抱き上げた。

「愛しているよ、リリス。僕の花嫁……」

「――もう、フリードったら。お父様が気を失う寸前よ」

王と王妃、それに出迎えた多くの臣下が驚きに目を瞠る中、リリスとフリードは甘く見つめ合い、唇を触れ合わせた。

「でも、私も愛しています」

「君を一生守り、幸せにすると誓う」

甘い陶酔に包まれながら、ちゅっと幸せの蜜音を響かせて、二人は永久《とこしえ》の愛を誓いあった。

あとがき

皆様、こんにちは。月乃ひかりです。

ヴァニラ文庫様では二作品目となる本作をお手に取ってくださいましてありがとうございます。

二〇二三年は、年明けから首の骨の痛みと、五月頃からぎっくり腰と原因不明の酷い気管支喘息を併発してしまい、九月まで続きました。（ぎっくり腰は腰椎すべり症だと分かり、今も痛み止めと湿布でやり過ごしています）

そのため頂いていたお仕事の予定がことごとく崩れ、自分の体調不良と闘いながらの執筆でしたが、なんとか書き上げることができ、刊行できまして本当に嬉しいです！

その分、とても思い入れのある物語となりました。

この物語は、前世で恋をして両想いになったものの、恋敵から恨まれ命を落としたヒロインが、生まれ変わった今世では、恋を恐れ恋愛をせずに人生を全うしよう――と心に決めるのですが、諦めようとしても好きな気持ちは誰にも止められないですよね。

ヒーローのフリードも、ヒロインと同じく前世の記憶をもって生まれ変わりましたが、フリードは今世では絶対にリリスを守ると真摯な誓いを立てながらも、リリスを逃がさないように、囲いこんでいきます。

しかしながら、呪いに勝るフリードの精力《オーラ》、恐るべし、ですね（笑）

精力をあえて「オーラ」というルビを振らせていただきました！

また、今作で重要な脇キャラのバゼラルドとジュート卿ですが、ジュート卿は好きなキャラなので、書いていてとても楽しかったです。

冒頭のシーンでリリスの誕生日に現れる占い師のバゼラルドが、タロット占いをしていますが、私自身、タロット占いが好きで、たまにタロット占いをしてもらって一喜一憂しています。

私はいくつかの占いサイトやお気に入りの占い師さんのＳＮＳをチェックするのですが、最近の占いでは、近々とても嬉しいニュースが舞い込んでくる、といった占いが出ており、どんなニュースなのかワクワクしています！

皆さんにお知らせできるグッドニュースだといいのですが……。

また、本作はイラストを霧夢ラテ先生に、可愛らしいヒロインと素敵なフリードを描いて頂きました。表紙には、この物語に登場する可憐なシオンの花もちりばめてくださいました。とっても華やかに描いて頂きまして、ありがとうございます！

特に、私は鎧ヒーローが好きなので、前半の挿絵で鎧ヒーローをカッコよく描いてくださったラフを拝見して飛び上がりました。

ですが、冒頭でなかなかヒーローの顔が登場せず、編集様も挿絵箇所の指定に苦慮されていたようです。（すみません）

また、私の体調不良で二作目のオファーを頂いてから長い間お待たせしてしまったにもかかわらず、お待ちくださったレーベル様や編集様にはご迷惑をおかけしてしまいました。この場をお借りして、心よりお詫びと感謝を申し上げます。

私の作品を楽しみにお待ちくださった読者様（いらっしゃるといいのですが）のことを思いながら、なんとかこの作品を頑張って書き上げることができました！

来年こそは体調を整えて万全を期して、頂いているオファーを一つずつ、どの物語も思いを込めて大切に書き上げて行きたいと思います。

本作品の刊行に携わってくださいましたすべての皆様に心からの感謝を捧げます！

またぜひ、次作でお目に書かれることを切に願っています！

月乃ひかり　拝

原稿大募集

ヴァニラ文庫では乙女のための官能ロマンス小説を募集しております。
優秀な作品は当社より文庫として刊行いたします。
また、将来性のある方には編集者が担当につき、個別に指導いたします。

◆募集作品

男女の性描写のあるオリジナルロマンス小説（二次創作は不可）。
商業未発表であれば、同人誌・Web 上で発表済みの作品でも応募可能です。

◆応募資格

年齢性別プロアマ問いません。

◆応募要項

・パソコンもしくはワープロ機器を使用した原稿に限ります。
・原稿は A4 判の用紙を横にして、縦書きで 40 字 ×34 行で 110 枚 ~130 枚。
・用紙の 1 枚目に以下の項目を記入してください。
①作品名（ふりがな）/②作家名（ふりがな）/③本名（ふりがな）/
④年齢職業 /⑤連絡先（郵便番号・住所・電話番号）/⑥メールアドレス /
⑦略歴（他紙応募歴等）/⑧サイト URL（なければ省略）
・用紙の 2 枚目に 800 字程度のあらすじを付けてください。
・プリントアウトした作品原稿には必ず通し番号を入れ、右上をクリップなどで綴じてください。

注意事項
・お送りいただいた原稿は返却いたしません。あらかじめご了承ください。
・応募方法は必ず印刷されたものをお送りください。CD-R などのデータのみの応募はお断りいたします。
・採用された方のみ担当者よりご連絡いたします。選考経過・審査結果についてのお問い合わせには応じられませんのでご了承ください。

◆応募先

〒100-0004　東京都千代田区大手町 1-5-1　大手町ファーストスクエアイーストタワー
株式会社ハーパーコリンズ・ジャパン　「ヴァニラ文庫作品募集」係

皇帝陛下の花嫁探し
～転生王女は呪いを解くため毎晩溺愛されています～

Vanilla文庫

2024年1月5日　第1刷発行　定価はカバーに表示してあります

著　者　月乃ひかり　©HIKARI TSUKINO 2024
装　画　霧夢ラテ
発行人　鈴木幸辰
発行所　株式会社ハーパーコリンズ・ジャパン
東京都千代田区大手町1-5-1
電話　04-2951-2000（営業）
0570-008091（読者サービス係）

印刷・製本　中央精版印刷株式会社

Printed in Japan ©K.K. HarperCollins Japan 2024 ISBN978-4-596-53433-0